la llum del far

Nits de celobert

M. Carme Roca

Per a la Nathali
amb el desig que
sempre gaudeixi de la
lectura.

Moltes gràcies pel
teu dibuix

BAULA

Direcció editorial:
Departament de Literatura GE

Direcció d'art:
Departament de Disseny GE

Disseny de la col·lecció:
Manuel Estrada

Fotografia de coberta:
Montserrat Fontich

2a edició, 16a impressió: juliol 2021

Impressió:
Edelvives Talleres Gráficos. Certificat ISO 9001
Imprès a Saragossa, Espanya

ISBN: 978-84-479-1352-7
Dipòsit legal: Z 1207-2009

El 0,7% de la venta d'aquest llibre es destina al Projecte «Mejora de la Calidad y oferta educativa del ciclo diversificado del Instituto Tecnológico de Quiché de Chichicastenango (Guatemala)», que gestiona l'ONG Solidaritat, Educació, Desenvolupament (SED).

FITXA PER A BIBLIOTEQUES

ROCA, M. Carme (1955–)
Nits de celobert / M. Carme Roca. – 2a ed., 16a reimp. – [Barcelona] : Baula, 2021
154 p. ; 22 cm. – (La llum del far ; 27)
ISBN 978-84-479-1352-7
1. Lluita entre el bé i el mal. 2. Morts. 3. Poders màgics. 4. Misteri. I. Títol. II. Sèrie.
087.5:821.134.1-31"19"

A Gemma Blat i Gené,
per la seva amistat,
més enllà de les estrelles.

Amb agraïment:

A Pere Roca, el meu pare, que va decidir de viure al carrer de la Fruita, la qual cosa ha fet possible aquesta història.

A Maribel Nadal, pel seu ànim i encoratjament constant.

A la doctora Soledat Nadal, per la valuosa informació i orientació que em va aportar en qüestions de medicina.

A Pere Martí, per les oportunes observacions literàries.

I als «meus homes»: Albert, Marc i Albert, lectors i crítics tan implacables com estimats.

Primera part:

Desembre

«Quan el destí colpeix, cap mortal no pot defugir el malastre.»

Sòfocles, *Antígona*

I. Núvols de plom

EN VÍCTOR, empès per l'ànsia i el neguit, travessava a grans gambades l'avinguda de la Catedral de Barcelona per enfilar tot seguit el carrer del Bisbe. Unes campanes, que no va sentir, tocaven les dotze del migdia. Havia perdut la noció del temps, un temps dissortat que li donava l'esquena.

Malgrat els seus quinze anys, les cames no l'obeïen com hauria desitjat, destorbat també per les parades de la fira de Santa Llúcia. A mesura que s'anava acostant cap a casa seva, el trajecte escurçat encara se li feia més llarg. Avançava pels carrers enfollit per l'angoixa...; no podia ser que la Marina, la millor amiga de la seva estimada Marta, hagués desaparegut així, per sempre.

Mentrestant, l'ombra d'una tempesta li seguia les passes com un sudari que el volgués embolcallar, tapant-li, enterbolint-li els pensaments. De sobte, un tro eixordador va trencar el ritme de la cursa tot just quan ja era a casa, un edifici molt antic del carrer de la Fruita, al bell mig del barri del Call, on es barrejaven olors de menjar amb d'altres de molt més llunyanes, perdudes en el temps.

La vella porta de ferro i vidre li va cedir el pas i en Víctor s'endinsà escales amunt. Travessà el celobert de les antigues cavallerisses, enlairà el cap i va veure un cel de plom disposat a descarregar la seva fúria. El cor li bategava sense treva i se sentia marejat, però això no li va impedir pujar de tres en tres els esglaons fins a arribar al principal. Les claus van obrir la porta, de pesada fusta, que s'obrí en un gruny queixós, fruit dels anys. El pare sempre deia que un dia d'aquells l'havia d'engreixar.

—Hola!

Ningú no va respondre al seu salut.

—Mare?... Ramon?... Hi ha algú?... —insistí.

En sentir el silenci per resposta, en Víctor es deixà anar damunt el sofà de la sala d'estar, abatut i trasbalsat encara per la notícia que acabava de rebre. I, ara, només li havia faltat trobar-se sol. Era estrany que la seva mare no hi fos, ja que quan tenia torn de nit a l'Hospital del Mar, on treballava, l'endemà, al matí, es quedava a casa descansant o feinejant. Li agradaria parlar amb ella primer.

Temia —i alhora esperava— veure en Ramon, el seu germà gran. Aquest no havia d'anar a l'escola aquell matí. Quan tenia exàmens, només hi anava a l'hora de fer-los i així podia disposar de la resta d'hores per estudiar. Pensant-ho bé, en aquells moments, devia ser a casa d'algun amic.

No tenia cor per trobar-se a soles amb ell, però una força interior l'havia esperonat a anar-hi corrents a dir-li-ho. Tant de bo hi anés la mare abans. Potser ella en sabria alguna cosa més.

No podia ser veritat que la Marina fos morta. Aquestes coses no passaven, no els podien passar a ells. I pel sol fet de pensar que li podia haver passat a la Marta... un nus a la boca de l'estómac el tenallà amb força.

Aquell matí, quan van entrar a classe, l'Albert, el tutor, els va comunicar que la Marina —una companya de curs— havia mort. Un atac de cor, semblava... I la Marina també era la noia que sortia amb el seu germà.

Sort que, quan li va demanar permís, l'Albert l'havia deixat marxar abans de l'escola.

—Te'n pots anar cap a casa, Badia —li havia dit.

El soroll d'una clau que obria la porta el va deixondir bruscament del seu seient.

En veure els ulls de la mare, en Víctor no va tenir cap dubte que ella també ho sabia.

—Què ha passat, mare?

La Sílvia es tragué d'una revolada la gavardina xopa que portava i deixà el paraigua regalimant de pluja dins la pica del lavabo. Els cabells llisos, curts i de color castany, aixafats per la humitat, li donaven un aire jovenívol de nena entremaliada.

—Què en saps, mare? —insistí tot fent-li un precipitat petó de benvinguda—. A l'escola ens han dit que l'havien ingressat a l'Hospital del Mar, d'urgències, i que ja no hi va haver res a fer.

—Vine, Víctor, seguem.

Cansada de no haver descansat des de feia moltes hores, la Sílvia li explicà com la Marina, d'una manera inesperada, va ser ingressada a l'hospital. Aquella nit li tocava estar de guàrdia; tant de bo no li hagués tocat! La Sílvia pensava que no hi havia res tan fort com veure entrar un ésser estimat, conegut, a l'hospital i en estat crític. Creia que no s'hi podria avesar mai.

—On és en Ramon? Ho sap ja? —preguntà en Víctor inquiet.

—No ho crec. És a casa de l'Oriol, estudiant... li ho haurem de dir...

En Víctor en va tenir prou amb mirar els ulls de la Sílvia per saber que li demanava que fos ell qui li ho digués.

Sí, ho faria ell. L'aniria a buscar i li ho diria.

En Ramon era el seu germà gran. Gran només en l'edat —tenia dos anys més—, perquè en alçada el passava ja d'uns pocs centímetres. En aquells moments sentia com s'havien canviat els papers. Ara, era ell qui l'havia de protegir. Tanmateix, s'alegrava de no estar dins la seva pell. No hauria suportat que li passés res a la Marta.

Recorria a en Ramon en els moments més compromesos demanant-li suport com a germà gran, pels estudis, pels amics, per escapolir-se dels reganys dels pares... I en Ramon sempre l'ajudava; bé, gairebé sempre. Ara, tenia l'oportunitat de demostrar-li que també podia comptar amb ell.

L'aniria a trobar tot seguit. Faltava poc per a la una del migdia i de segur que aniria a l'escola a buscar la Marina. En Ramon no trigaria a marxar de casa de l'Oriol.

—Adéu, mare...

—Plou molt, Víctor! —l'avisà la Sílvia. Però ell no la va sentir.

I la porta —més fort que de costum— retrunyí per l'empenta.

Quan encara no havia arribat al primer replà, en Víctor ensopegà —inevitablement— l'última persona d'aquest món amb la qual s'hauria volgut trobar: la senyora Elvira, la veïna del tercer.

—Era companya teva de classe, oi? La novieta del teu germà, oi que sí? Sembla mentida! Tan jove! Qui ho havia de dir...

En Víctor, descortès, va fugir tot mussitant una mena de remuc a títol de salut. La senyora Elvira —nas arromangat que aguantava unes ulleres de disseny tronat— es va quedar palplantada a l'escala, acompanyada, això sí, de la seva xerrameca inesgotable. Com s'ho feia aquell carat de dona per estar sempre al cas de tot?

Li sabia greu ser poc atent, a vegades mal educat, amb aquella veïna que, de fet, era prou amable amb ell. Però en Víctor no la podia veure. La Marta tampoc.

La senyora Elvira, des de sempre, havia estat la conversa preferida d'ells dos. Quan eren petits estaven molt junts, la Marta i ell. Les mares respectives els deixaven sovint a casa de l'un o de l'altra quan tenien coses a fer. A vegades, és clar, també hi era en Ramon, però aquest semblava que no hi fos. Gairebé sempre s'havia mantingut al marge dels seus jocs.

I val a dir que aquella amistat imposada per les circumstàncies els va convertir, amb el temps, en companys inseparables. Però, ara, la Marta preferia en Ramon, el seu germà.

Un núvol de tristesa emboirà uns ulls que, aquell dia precisament, feien joc amb el cel gris. En Víctor l'esvaí amb un decidit decantament de cap que apartà un ble de cabells castanys i, un altre cop, pensà en la senyora Elvira, aquella dona menuda, bellugadissa, que gesticulava molt quan parlava.

Havien estat uns bons temps aquells. Temps, ara, que tenia por de no tornar a retrobar.

Per uns moments, un llamp enllumenà de daurat els carrers i donà un aire fantasmagòric a les velles pedres, lluents per la pluja, del barri gòtic de Barcelona.

En Víctor havia acceptat la mort de l'avi, de l'àvia, amb enyorada resignació. Pensar que havien mort molt vellets, el conformava. Però els últims esdeveniments el tenien desconcertat. Abans que la Marina, dues noies més que ell coneixia havien mort en circumstàncies sorprenents. El mes de novembre, la Laia, una noia companya de curs, del grup B; el mes d'octubre, la Sònia, la filla dels de la farmàcia on compraven de tota la vida.

No tenia sentit que la gent es morís als quinze anys. Tenia ganes de compartir aquests pensaments amb la Marta, companya de classe i veïna, replà per replà. La Marta... tan propera i tan llunyana..., però a ella li agradava en Ramon, aquest s'estimava la Marina i ell... estava boig perdut per la Marta.

La infantesa se'ls escapolia de les mans a passes gegantines en uns moments que la seva innocent inconsciència hauria estat el refugi perfecte.

Després d'haver entrat a casa, la senyora Elvira deixà el cistell, carregat de verdures, damunt el marbre esgrogueït de la cuina i se n'anà apressadament cap al telèfon. Una de les seves activitats preferides era la de repapar-se al sofà, agafar l'auricular i marcar un número amic.

—... Joana? Hola, sóc jo... Sí, noia, la noieta aquella, la Marina..., la que vivia a la plaça de Sant Felip Neri...

L'aparició sobtada de l'Andreu, el marit de la senyora Elvira —es pensava que estava sola a casa—, va fer que, a contracor, deixés la conversa telefònica per a un altre moment, i, era una llàstima, perquè la conversa prometia ser d'allò més interessant, però no tenia cap ganes de parlar amb el marit al davant.

—No sabia que fossis a casa! Sembles un fantasma!

—No t'enfadis, reina meva... És que era al bany, dona...

—Reina meva! Reina meva! —va exclamar l'Elvira fastiguejada; aquell aire babau del seu home la treia de polleguera.

—Què dius que ha passat? —va preguntar l'Andreu amagat rere un espès bigoti, fidel escut protector de possibles contrarietats.

Amb desgana, l'Elvira li explicà que la Marina, la nena aquella, amiga de la Marta i novieta d'en Ramon, havia mort la matinada anterior víctima —semblava— d'un atac de cor.

Per al matrimoni Almirall la vida dels veïns era la seva vida. Sols, sense fills i ja jubilats, no tenien altra distracció que les anades i vingudes dels altres, que ells contemplaven des del balcó o pasturant per l'escala.

Les vambes d'en Víctor regalimaven d'aigua, acompanyades del xip-xap que anava deixant el seu trepig. La pluja, ara, queia amb força eixordadora. Els carrers, quasi deserts, es convertien en una pista d'atletisme per a en Víctor. S'havia proposat de dir-li-ho ell i tenia por, però res no l'aturaria. L'avinguda de la Porta de l'Àngel restava convertida en una gran riera i en Víctor, uns metres enllà, distingí la figura d'en Ramon entre la cortina d'aigua. Una raspera a la gola l'avisà que s'havia esforçat massa en la seva cursa. Les vambes, xopes d'aigua, li pesaven enormement. I ell, tan mullat com la mateixa pluja —no havia agafat cap paraigua—, era un candidat segur a agafar un bon refredat.

En veure en Ramon, va emmudir de cop. Tots els assaigs mentals que s'havia fet, totes les frases que s'havia repetit, van desaparèixer com el fum.

—On vas tan atabalat? Què et passa? Sembla que t'hagi passat una desgràcia!

I ell continuava allà, com un estaquirot, amb els llavis segellats, sense poder dir res.

—Què dimonis et passa, *tio?*

—... la Marina —s'atreví a mussitar.

—Precisament. Au, va, Víctor, que tinc pressa! Ara mateix l'anava a buscar, que ja passa de la una i... Tu, què fas aquí? Tot just hauries de sortir ara...

—Vine a casa, Ramon. No cal que la vagis a buscar.

Mai un camí de tornada no se li havia fet tan feixuc. Amb el pes de la roba mullada i dels sentiments esquinçats, en Víctor li explicà —com va poder— l'adversitat dels fets. Li hauria agradat fer-ho millor, en calma, procurant donar el condol i el suport necessari, però es va sentir com un simple locutor de notícies. En Ramon no badava boca, només l'escoltava, i en la manca de diàleg en Víctor entreveié el més profund dels abismes.

Així que arribaren davant el portal de casa seva, en Víctor, en enlairar la vista, va veure que els senyors Almirall els observaven darrere un vidre mig entelat per la humitat i el contrast de temperatures. Li hauria agradat no aixecar els ulls, però no ho va poder evitar; de fet, ja ho sabia, que serien allà, sotjant-los. Els feien un salut amb la mà que en Víctor tornà mecànicament. En Ramon no tenia esma per a res i aleshores en Víctor s'afanyà a obrir la porta i pujar escales amunt —aquell dia li hauria anat bé tenir ascensor—, tot arrossegant en Ramon. Corrien el perill de ser interrogats pels Almirall i no era el moment. Ara no.

Un cop a casa, no van caldre gaires paraules perquè en Ramon s'assabentés de tot. En Víctor se'n feia creus, de com li ho havia dit, així, sense embuts. Llavors, en Ramon es va deixar anar en un plor incontrolable i ple d'amargor.

Al cap d'una estona, en Víctor, amb la pell dels peus arrugada per la mullena, deixà la roba xopa a prop d'un radiador. Els mitjons no tenien remei. Mullats i tenyits d'un color indefinit, van anar a petar dins una galleda a l'espera de què fer-ne. Sentia els sanglots i els crits de ràbia d'en Ramon, i ni ell, ni la mare, no el podien consolar malgrat l'escalf que intentaven oferir-li.

Ningú no va dinar. Era impossible fer un mos; només es van prendre una bona tassa de til·la que la Sílvia havia preparat. En Víctor no volia anar a l'escola a la tarda, però l'estat d'en Ramon demanava solitud. Tanmateix, el desig de comentar-ho amb la Marta va fer que decidís d'anar-hi.

Mentrestant, a la casa del costat, a l'altra banda del celobert, es podien sentir les corredisses d'última hora de la família Palau.

—Marta, que faràs tard!

—Ja me'n vaig, mare! —va respondre mentre davant el mirall del rebedor s'estarrufava els llargs cabells arrissats del color de l'or vell. Va ser un gest compulsiu, mecànic, que feia sempre quan sortia de casa.

—Agafa el paraigua! —cridà la seva mare.

A corre-cuita, va agafar els llibres que necessitava per a les classes de la tarda i baixà les escales fins al portal, on l'esperava en Víctor. Mentre baixava, s'anava barallant amb el paraigua plegable —costava molt d'obrir— i es posava un impermeable.

Amb la Marta al costat, en Víctor semblava revifar. Van emprendre el camí cap a l'escola, i quan van ser al capdavall del carrer Sant Honorat, just quan s'encreua amb el de Sant Sever, tots dos, en silenci, van mirar cap avall. Era el punt de trobada amb la Marina. Ara, ja mai més no es tornarien a reunir.

A en Víctor li hauria agradat que el trajecte fos molt llarg, interminable, i que no fos tan tard, per poder, així, allargar aquella estona; no importava que es quedessin xopes unes altres vambes. Sentia les paraules de la Marta sense escoltar el que deia. Només importava la veu que ressonava dins seu com la millor de les músiques. Encara que, això sí, la conversa que mantenien aquell dia, s'hauria estimat més no haver-la hagut de tenir mai.

—Sembla mentida. La Marina no es queixava mai de res; sempre es trobava bé —va comentar la Marta.

—Sí... la veritat és que costa d'entendre... —va contestar en Víctor apesarat.

Els dos amics van continuar fins a l'escola amb el cap cot, creuant carrers i semàfors, preocupats amb els seus pensaments. Ara, una pluja suau els anava amarant de mica en mica. Per la caputxa de l'impermeable de la Marta regalimaven gotes d'aigua que li anaven deixant xops els cabells, que després encara s'enrinxolarien més.

El repicar de les campanes de la catedral els advertí que era hora d'entrar a l'escola, i aleshores van córrer l'últim tram que els quedava per arribar al carrer Amadeu Vives i esmunyir-se enmig d'un munt d'escolars.

La porta de l'escola es tancà darrere d'ells i els núvols de plom van inundar, encara més, el cel de foscor.

II. El silenci de les campanes

UN CEL ENRAVENAT planava pels carrers de la ciutat. Les grisenques llums d'un matí sense sol dibuixaven figures quimèriques i un vent xiulador semblava murmurar secrets als vidres de les finestres, tot esmorteint el soroll de la gent i la pluja.

El doctor Josep Garcia caminava capmoix cap a casa seva, on ningú no l'esperava, amb l'única companyia d'un vell paraigua. La Noemí, la seva xicota, l'havia deixat plantat, abandonat, per vés a saber quin altre. Feia poc temps que es coneixien i no en sabia prou coses encara, però en Josep ja s'havia fet il·lusions de compartir amb ella el futur.

En un dia com aquell la necessitava més que mai. No li agradava gens signar actes de defunció de gent jove. Li feia replantejar-se massa coses i, sobretot, si realment la seva feina era útil, particularment en casos com el de la Marina Grau.

S'aturà un moment en una de les parades de la fira de Santa Llúcia i comprà molsa i neu sintètica. Aquell matí, hi havia parades de sobres i molt poca gent comprant; en un dia de pluja, ja se sap. En aquells moments ell no tenia ganes de pessebres, ni de festes, ni de res, però la seva mare vindria de València a passar el Nadal amb ell i no volia que trobés a faltar res, ni encomanar-li la seva tristor.

—T'hauries de casar, Josep —li deia sovint.

Hauria de fer el cor fort, precisament, ara que li hauria agradat tant presentar-li la Noemí; ara que per fi, als seus propers quaranta anys, havia trobat la dona amb qui compartir la vida... Fins i tot ja havia demanat pressupostos per reformar i decorar el pis on vivia. Un pis gran i cèntric a prop de la plaça Catalunya on es trobava molt a gust. Ara, sense la Noemí, tot allò de les reformes no tenia cap sentit.

Un silenci immens vestit de foscor infinita semblava xuclar-lo cap a una fondalada interminable. A més, tot allò de les noies... En tres mesos n'havien mort tres. Tot el barri n'anava ple; s'havia convertit en el tema obligatori de les converses als bars, a les botigues... no es parlava d'una altra cosa. Ja ho sabia, que era època de defuncions. Des que començava la tardor fins que s'acabava l'hivern, la gent moria molt més que no pas a l'estiu..., però no pas la gent jove; aquelles tres morts el tenien corsecat.

I la Noemí se n'havia anat de la seva vida tot just quan ell li volia proposar que es casessin. És clar que s'ho hauria d'haver pensat. La Noemí era molt jove, amb ganes de sortir i de passar-s'ho bé. Per força s'havia d'atipar d'un individu que només tenia el cap a la feina.

De primer, va pensar que s'hauria empipat per alguna bestiesa sense importància i que tornaria. No ho va fer. I no podia anar al seu encontre; no l'havia pogut localitzar enlloc.

La Noemí havia desaparegut tot dient-li per telèfon que no la busqués, que l'oblidés. Li va dir, també, que no volia compromisos, que tenia por d'estimar.

Atordit encara, en Josep s'havia dirigit al petit apartament que tenia llogat la Noemí, però se n'havia anat d'allà sense deixar rastre. Res. D'altra banda, temia que hagués tornat a caure en el parany de les drogues. Semblava que se n'havia sortit, però, precisament, durant els últims dies, la Noemí tenia un aspecte estrany; els ulls vidriosos i el caràcter irritable ho evidenciaven. Com era possible, que li hagués passat per alt?

La remor d'una dolça nadala l'entristí encara més. Pobres noies... i totes tres havien mort de manera imprevista, ja que estaven sanes, sense cap tipus de patologia. De primer, res no li havia fet pensar que fossin unes morts insòlites. De les dues noies anteriors, no en sabia res, no eren pacients seves. De fet, només sabia el que era de domini públic. Amb la mort de la Marina, però, s'adonava que tot plegat eren massa casualitats. Tal vegada un nou virus o vés a saber quina plaga començava a fer estralls en el nou mil·lenni, o un perillós efecte secundari provocat per alguna medicació... Hauria d'investigar. El problema era que no sabia per on començar. Però s'havia d'obligar a fer-ho i potser, així, es distrauria una mica dels seus problemes.

Tot i que li feia mal perquè l'havia conegut des de petita, s'havia de servir del cas de la Marina Grau per poder esbrinar alguna cosa. Havia estat una mort fora de l'habitual: l'aturada cardíaca sense antecedents previs, la lleu dermatitis que presentava part del seu cos... Aquella dermatitis, però, no en podia haver estat la causa. D'això, n'estava segur. Hauria d'assabentar-se de si les altres dues noies havien presentat també els mateixos símptomes.

Incòmode dins la seva pell, en Josep no va saber contestar les preguntes dels dissortats pares de la Marina.

«Per què?», imploraven els seus ulls.

—Cal fer l'autòpsia... —va indicar.

Els pares, de primer, s'hi van negar; van dir que no, que allò no serviria per tornar la vida a la seva filla, però no van tenir altre remei que acceptar-ho. Tant de bo tingués les de les altres dues... Hauria de demanar-ho judicialment. Ho hauria d'haver fet ja, però res abans no li havia fet pensar que fos necessari. I, tal vegada, no hi havia res de res, manies i aprensions seves. De moment, ell no tenia més respostes, només el silenci i un neguit intens que tan sols es podia comparar amb el seu amor perdut.

La Marta, a casa seva, parava la taula amb tota la desgana del món. Tenia el cap en un altre lloc. Posà dues culleres i es deixà els ganivets, trencà un plat i es va fer un petit tall a la mà que la seva àvia s'apressà a curar, mentre la Júlia, la seva mare, l'esbroncava.

—Que hagis d'estar sempre a la lluna! Mareddéu senyor, Marta! Has d'estar més al cas. No pot ser que sempre estiguis tan distreta!

—Au, va, deixa-ho córrer, Júlia. Està molt atabalada —va dir conciliadora l'àvia.

—Això, defensa-la, com sempre.

—No rondinis tant, noia, que et sortiran arrugues abans d'hora.

La Júlia se'n va anar cap a la cuina convençuda que àvia i néta se sortien sempre amb la seva.

L'àvia de la Marta sempre la protegia del mal geni de la Júlia. De fet, la malcriava descaradament, i quan la seva filla li ho retreia, li deia que també ho havia fet amb ella, i ara que tenia una néta, en volia gaudir.

Ja a taula, la Marta menjava amb disgust uns espinacs que no podia sofrir. En aquest tema, però, no podia comptar amb l'àvia, que li explicava no sé què, que portaven molt de ferro i que a l'edat que tenia li convenia menjar-ne, que si no després agafaria una anèmia.

—Demà faran l'enterrament... —va dir la Marta tot trencant el silenci que regnava a la taula.

—Quan penso en els pares de la Marina, se'm posa la pell de gallina —va ser la resposta de la Júlia.

—Encara no entenc com una noia tan jove... —va comentar pensarós l'Ignasi, el pare.

—La Sílvia també m'ha dit el mateix; tot això és molt estrany.

L'Ignasi es va atrevir a insinuar un tema del qual ja sabia que rebria els retrets de la filla.

—Potser prenia...

—Drogues? De cap de les maneres! —va interrompre la Marta, ofesa—. Ningú de nosaltres no en pren!

—No t'enfadis, Marta, les persones, a vegades, tenim cops amagats i la gent quan és jove fa bogeries —va argumentar la Júlia.

—El que passa és que els metges no saben res i donen qualsevol raó que a ells els sembla! —va dir enfadada la Marta.

L'àvia, l'Angelina Oliver, se'ls escoltava tots mentre mastegava els espinacs amb una dentadura postissa que no li acabava d'anar bé del tot. Semblava que deixés lliscar les paraules dels altres damunt seu tot donant un aire de vella que només està per a l'àpat que té al davant. Lluny d'això, però, absorbia com una esponja les paraules, els gestos. Tot d'una, va trencar el seu silenci:

—Aquestes coses no haurien de passar; és el que més greu em sap de fer-me gran, que veig passar davant meu gent que no ho hauria de fer. Pobra nena.

Les paraules de l'àvia van servir de comiat a una conversa infructuosa que no portava enlloc.

Un cop van haver sopat, l'àvia se'n va anar amb el seu peu enguixat i les crosses cap a la seva habitació. Per sort ja li quedaven pocs dies d'haver de suportar el guix. Va regirar un munt de papers i en va treure un que semblà de la seva conformitat i el va posar damunt la tauleta de nit. Llavors, encengué una petita espelma i resà. En silenci.

L'Angelina Oliver, generalment, vivia sola en un pis que estava molt a prop del de la seva filla, al carrer de la Ciutat. Però anava sovint a casa de la Júlia, fins i tot s'hi quedava a dormir. I ara que s'havia trencat el peu, era més fàcil per a tots. La Júlia ho hauria tingut més complicat per poder cuidar-se d'ella. De tota manera, no volia abusar de la paciència de l'Ignasi, prou sabia que ella no era sant de la seva devoció. Tanmateix, la intuïció li deia que potser no era per casualitat que ella fos allà, a casa de la Júlia.

La Marta es dirigia cap a la cuina carregada de plats que havia tret de la taula, i en passar davant l'habitació de l'àvia, va veure una resplendor suau. Va tenir temptacions d'entrar, però es va aturar. Li va semblar que no la podia destorbar en aquell moment, i, a més, anava amb els plats a la mà, uns plats que encara feien «pudor» d'espinacs.

—Mare..., l'àvia ha encès una espelma...

—Un dia d'aquests ens cremarà la casa! —va dir empipat l'Ignasi mentre anava col·locant els plats dins el rentavaixella.

—Deixa-la, home. No fa mal a ningú —s'explicà la Júlia.

—L'àvia encén espelmes sovint... —va comentar la Marta.

—L'àvia, quan es mor algú i se n'assabenta, li encén una espelma i resa molt. Diu que això dóna llum a l'ànima —aclarí la Júlia.

—Hauré d'ampliar l'assegurança del pis —va deixar anar l'Ignasi sorneguer.

—Ignasi, sisplau, quin mal et fa?

La Marta deixà que els seus pares discutissin enmig dels estris culinaris i ella se'n va anar a fer companyia a l'àvia.

—Àvia? Puc resar amb tu?

A l'altra banda del celobert, en Víctor no podia dormir. Sentia ràbia i impotència per una situació que el depassava. Tanmateix, pensà en en Ramon. Li dolia no poder ajudar-lo. La Marina també era companya seva i s'havia acostumat a la seva presència i a fer-la com una més de casa. I la Marina anava amb la Marta i... Oh, tot era molt complicat.

En Ramon dormia profundament. La mare li havia donat una pastilla per dormir i li havia dit que demà ja parlarien, que les coses es veuen més clares quan passa una mica de temps, que la vida continua i un seguit de frases fetes que sembla que s'han de dir. A la tarda, en Ramon havia anat amb els seus pares al tanatori on era la Marina. S'havia entossudit a veure-la, però, evidentment, havia tornat molt trasbalsat.

En Víctor pensà que no era senzill, que quan les coses es trencaven, moltes vegades ja no es podien recompondre mai més. Aleshores s'havia de canviar de camí i triar, i això no era gens fàcil.

Nerviós, va sortir de l'habitació i es va acostar al celobert. Aquella nit, malgrat els esdeveniments, en Víctor tenia el pressentiment que veuria la Marta. Era el seu punt de trobada.

Quan eren petits ho feien molt sovint. Es quedaven xerrant fins que els pares intervenien amb la mateixa tirallonga de retrets: «Es pot saber què feu a aquestes hores de la nit? Com si demà no us haguéssiu de veure a l'escola?...»

Aquell edifici tenia tres celoberts: el més gran, el de l'entrada, es conservava igual que quan l'havien construït vers el segle XVIII. El terra i part de les parets eren de pedra i, en creuar-lo, una sensació de traspassar les barreres del temps envaïa l'ànim de tots aquells que ho feien.

Un altre celobert estava situat a l'interior i servia perquè els veïns hi estenguessin la roba; i els Badia, els del principal primera, sempre es queixaven que els hi abocaven de tot: papers, burilles de cigarretes, roba que queia dels estenedors...

Un tercer pati, el més petit de tots, minúscul gairebé, gaudia de parets ennegrides pels fums i de brutícia barrejada amb la humitat. Era, però, l'únic punt de claror que arribava a les cuines dels pisos d'aquella vella finca. Aquell celobert era el punt de trobada d'en Víctor i de la Marta. De tota la vida.

Fidel a la seva cita quasi diària, la Marta era allà, esperant-lo i dient-li que li feia mal la panxa, que això era culpa dels espinacs. Però en Víctor no la sentia, només la veia. Les paraules no existien.

A la seva habitació, la Marta endreçava la motxilla per a l'endemà i, de sobte, es neguitejà quan va trobar dins la carpeta uns apunts de llengua catalana de la Marina. Li va semblar que la tinta era fresca, que el paper encara temperat pel contacte de la seva amiga cobrava vida. Els va tenir força estona entre les mans fins que va decidir de deixar-los en un calaix de l'escriptori entre postals, còpies d'e-mails i d'altres papers que estimava.

Un pes feixuc damunt del pit li dificultava una lliure respiració. Pensava que, d'alguna manera, ella també n'era responsable, que la Marina hagués mort.

Moltes vegades havia pensat que si la seva amiga no existís, en Ramon es fixaria en ella. I ella el tenia prou a prop per provocar trobades. Tanmateix, li sabia greu per en Víctor; no el volia perjudicar ni ferir-lo. Sabia que n'estava molt, d'ella, però era l'única manera que tenia d'apropar-se a en Ramon.

Quan en Ramon va preferir la Marina, ella se'n va apartar; no volia ficar-se enmig de la seva amiga, però el seu cor era d'ell. Potser inconscientment havia desitjat que la Marina desaparegués i això li feia mal perquè se l'estimava: era la seva millor amiga.

Ja al llit, la Marta hi donava voltes amb el cap ple de pensaments contradictoris. L'enamorament que sentia per en Ramon, la seva amistat amb en Víctor, l'amagada enveja per la Marina...

Va sentir tocar els quarts i les hores. Era tard, molt tard. No podia dormir.

Després, un cop van deixar de repicar les campanes, li va semblar sentir encara un ressò llunyà que li retrunyí a l'oïda fins que morí en la buidor, en el silenci. I el silenci s'ensenyorí de l'aire.

III. L'ombra de la gàrgola

L'ENDEMÀ, el dia va néixer sense color malgrat ser enllumenat per un sol resplendent que havia apartat els núvols dels quals, tants dies, s'havia vestit la ciutat.

L'església del tanatori de Collserola s'havia omplert molt abans que comencés la cerimònia i, a fora, una caravana de cotxes omplia la carretera que hi donava accés.

Tots els cursos superiors de l'escola feien acte de presència en el comiat de la Marina. El capellà que oficiava el funeral no va tenir aturador en fer esment de les seves virtuts. Val a dir que va fer justícia amb tot el que va dir.

Després, molts dels presents se'n van anar i només els més propers a la noia es van quedar per acompanyar-la al cementiri. En Ramon hi va voler anar, lògicament, i en Víctor el seguí. Aquest observà el seu germà i, de cop, li va semblar molt més gran. Una ombra de forçada maduresa maquillava unes ulleres blavoses que no havia tingut mai.

En Víctor havia estat tota l'estona aguantant uns sanglots que lluitaven per sortir fins que, rendit per la força dels sentiments, es va deixar anar.

El tutor, l'Albert Costa, i el germà Oleguer Masip, el cap d'estudis, van fer costat a la família fins a l'últim moment. En aquelles hores de dissort, la companyia i el suport anímic era l'únic que podien oferir.

En anar-se'n, l'Albert va agrair tenir el cotxe aparcat molt lluny —havia estat impossible aparcar més a prop—; això li va permetre caminar una bona estona mentre hi arribava tot deixant que un vent suau li acaronés la cara i l'ajudés a dissipar la malastrugança en la qual, com tothom que havia assistit a la cerimònia, se sentia immergit. L'Oleguer Masip l'acompanyava també en silenci, abatut. A diferència dels altres, però, tot i que no trobava cap mena d'explicació raonable a la seva intuïció, com a professor de matemàtiques, sabia que aquelles morts eren estadísticament improbables. Tenia la impressió, a més, que la mort de la Marina Grau només era un esglaó més d'una escala que prometia ser llarga.

La Marina no havia estat el principi. En molt poc temps —només des que havia començat el curs—, havien desaparegut del món dels vius tres noies de la mateixa edat. I totes tres havien mort en unes circumstàncies gairebé idèntiques. A més, totes tres eren maques, intel·ligents, simpàtiques... d'aquelles que a tothom agradaria tenir per filles. Els metges, de moment, no havien sabut donar raons convincents del perquè unes noies tan joves, que abans no havien presentat cap mena de patologia, havien mort, semblava, d'una aturada cardíaca. Totes tres igual. La casualitat s'estava convertint en un insult i... només tenien quinze anys.

Ja a l'escola, tothom continuava com sempre com si no hagués succeït res intentant esvair les ombres de l'infortuni sense aconseguir-ho. La tarda era esplèndida; cap núvol no es dibuixava a l'horitzó; només se sentia un fred punyent que tallava la cara.

Al laboratori, a classe de física i aprofitant uns breus moments en què el professor havia sortit, els alumnes no parlaven de res més. Un sentiment d'alarma havia fet efecte en els companys de la Marina.

—El mes passat va morir la Laia, la del B, igual que la Marina.

—Casualitat... no pot ser res més...

—I l'altra noia era del barri també, en Víctor la coneixia. Oi, Víctor?

—Sí, de la farmàcia. Totes tres de la mateixa edat i han mort de la mateixa manera...

En fer un altre cop acte de presència, el professor va tenir dificultat per posar ordre en una classe que no van aprofitar gens. El timbre que donà per finalitzada l'hora salvà el professor de continuar.

En pujar l'escala que els conduïa cap a l'aula, els nois continuaven parlant del mateix tema. L'Oleguer Masip s'encreuà amb ells per l'escala i un dels alumnes li preguntà:

—No ho veus estrany, tot el que està passant?

El cap d'estudis va fer l'orni dissimulant i contestant alhora amb lleus decantaments de cap. Aquell no era el moment adient per parlar-ne, i, a més, no volia contribuir a intensificar el sentiment d'alarma a l'escola.

De quatre a cinc, l'Oleguer Masip no tenia classe i es dirigí cap a la biblioteca. Era l'únic lloc on veritablement descansava. A l'església es concentrava massa en les seves oracions i eren moments que oferia als altres. A la nit, quan anava a dormir, estava massa cansat per pensar en les seves coses i s'adormia tot seguit. Lluny quedaven aquells anys en què ni podia ni volia dormir una mica.

De manera que en el silenci acollidor de la biblioteca, acompanyat de llibres i papers, el professor de matemàtiques i filosofia donava voltes al que darrerament estava succeint al barri, al col·legi.

Enmig de la seva concentració va aparèixer un dels seus alumnes, que li etzibà a cau d'orella:

—Oi que no ens posaràs l'examen demà? Oi que seràs bona persona? Amb tot això de la Marina estem molt trasbalsats i...

—Au, vés! Estudia una mica i no t'aprofitis de les circumstàncies.

L'alumne, amb aires d'heroi, girà cua tot seguit, convençut que les seves paraules havien fet l'efecte esperat en el professor.

El xicot ho havia aconseguit. Segurament no els posaria l'examen. Tanmateix, ell tampoc no tenia cap ganes de preparar-lo.

A classe, en Víctor decorava el llibre amb caricatures de la Montse Martín, la professora de literatura. Els cabells rinxolats s'havien convertit en un espantós fregall que emmarcava una cara dominada per un prominent nas de lloro que la Montse no tenia. El gust de la tinta del bolígraf que mossegava el va fer desistir d'anar-lo rosegant, alhora que s'afanyava a netejar-se uns llavis tenyits de blau. No era cosa de cridar l'atenció de la Montse, que, segons en Víctor, prou mania li tenia.

Els companys estaven silenciosos, treballadors fins i tot, però ell no es podia concentrar. No podia ser veritat el que els estava passant. La Marina ja era la tercera. I el que li feia més por, tot i que intentava treure-s'ho del cap, era que no podia deixar de pensar quina seria la propera víctima...

I ells, com podien estar asseguts allà, sense fer res?

Podia veure la Marta, uns quants seients més endavant. Amb la seva cabellera rossa caient-li com una cascada damunt les espatlles. Li hauria agradat acaronar-li els cabells en aquell moment, i li semblà notar-ne el tacte als dits.

Un crit de la mestra l'aterrà dels seus pensaments i li va fer adonar que no sabia com sortir-se d'aquell comentari de text que li tocava fer. Qui li havia manat escollir aquell crèdit variable?

A la biblioteca, el germà Oleguer tenia el cap molt lluny en uns altres indrets i en uns altres temps. Havien passat anys, però no els suficients encara per esborrar de soca-rel tots els records, per fer desaparèixer de la memòria la dona que havia estat l'únic amor de la seva vida: l'Elvira. Era tan maca... Feia temps hauria donat la vida per ella, i la veritat és que ho havia fet, però tot es va capgirar. Els seus destins es van separar. Per sempre.

Ella es va casar amb un pobre home. Un pusil·lànime sense cap mena de personalitat. Era la persona idònia, així tenia el terreny lliure per fer i desfer.

L'Oleguer i l'Elvira havien estat amants, s'havien estimat amb passió no continguda, abocats al desig sota una boira enterbolidora. Una mútua atracció els havia empès, des del principi, a un amor on l'atzar no hauria d'haver intervingut mai. Però havien arribat massa lluny jugant amb forces perilloses que, després, et poden fer presoner. Se'n va escapar, però. A temps, va decidir apartar-se d'aquell món obscur i dedicar-se als altres. Sempre li havia agradat l'ensenyament i es va fer germà de les Escoles Cristianes.

Feia estona que el timbre havia sonat avisant que era l'hora de sortida dels alumnes. Li feia mal el cap. Sortiria al carrer i aniria a fer una volta per la fira de Santa Llúcia; faltava molt poc per a Nadal. Al carrer hi havia molta animació. Una animació que li dolia, com si els altres no tinguessin dret a estar contents. Lluny dels dies plujosos, la gent passejava aliena als successos desgraciats protagonistes del seu pensament.

Els llums elèctrics es barrejaven amb els del capvespre i vestien els carrers d'una llum irreal. Les gàrgoles de la catedral semblaven marcar-li el camí, un camí de solitud i d'incertesa. Projectaven una ombra fosca, com una taca de tinta que, escorreguda damunt un paper secant, semblava allargar-se més i més. Sense fi.

Ara, almenys, estava fent una bona obra; era útil als altres. I havia d'expiar moltes culpes.

A contracor, va voler que l'Elvira desaparegués de la seva vida, tot i que sabia que enterrant aquell amor s'enterrava ell mateix. En vida. Llavors, no va pensar que potser un dia es tornarien a trobar. Ara, sentia l'ombra de la seva presència que el volia engolir, com la d'una gàrgola que s'estiregassés fins a atènyer-lo.

A la nit, a l'hora de sopar, en Ramon mirava esmaperdut el plat que tenia al davant sense veure'l. Tota la gana de què havia fruit sempre s'havia dissipat com la boira.

—Hauries de menjar, Ramon... Si vols et faig una altra cosa...

La Sílvia es desfeia en atencions vers el seu fill gran. Li feia molta pena que als seus disset anys ja tingués el cor destrossat i d'aquella manera... No sabia com ajudar-lo.

En Miquel, de manera poc afortunada, proposava activitats per a les properes vacances que en Ramon no escoltava.

—M'han parlat d'un racó perfecte. Podríem anar-hi a pescar...

Per no angoixar-los més, en Ramon enforquillà un dels bunyols de bacallà que tenia al plat. Abans, tot just ahir, li agradaven molt. Ara, ni un petit mos els podia clavar.

L'arbre de Nadal lluïa sense sentit oferint una alegria que difícilment tornaria a trobar. Les llumetes s'encenien i s'apagaven i en Ramon se sentí temptat d'apagar-les, de desfer-ho tot. Una punxada al pit el deixà quasi sense respiració. En aquells moments pressentia que el sol ja no tornaria a sortir per a ell. Només la figura de l'infant

Jesús del pessebre semblava conservar la calma, l'esperança.

—Ho sento, mare, però no puc menjar més —va dir tot aixecant-se i dirigint-se cap a la seva habitació.

En acabar de sopar, en Víctor se'n va anar cap al celobert per veure si veia la Marta i parlava amb ella. No es va haver d'esperar gens, perquè allà era la noia, recolzada al marc de la finestra, menjant una poma.

—Sí que has trigat, avui —va dir la Marta, que no estava gens acostumada a esperar-lo.

—És que avui hem sopat més tard. I com que en Ramon està fet pols, li feia una mica de companyia a veure si menjava una mica, però se n'ha anat a la seva habitació...

En sentir parlar d'en Ramon la Marta va envermellir, fet que no va passar desapercebut a en Víctor. Aquest, però, va fer veure que no se n'adonava i va començar a parlar de l'Oleguer, tot queixant-se del munt de problemes que els havia posat i que si bé era normal que estigués de mal *rotllo*, que ells també ho estaven, no ho era gens que es passés posant-los feina.

—La veritat és que és un individu raríssim i...

Un senyal d'en Víctor perquè mirés dissimuladament cap amunt els va interrompre.

En enlairar la vista, la Marta va topar la senyora Elvira, que els sotjava darrere el vidre.

—Aquesta dona és una tafanera... Em posa més nerviosa... —va assegurar la Marta.

—Víctooor!

El tro de veu de la seva mare l'alertà que en devia haver fet alguna i que hauria de deixar la conversa per a una ocasió millor.

Segona part:

Gener

«I jo no vaig guardar cap sentiment de temps ni de lloc, i els estels del meu fat s'esvaïren del cel i des d'aleshores la terra esdevingué tenebrosa.»

Edgar A. Poe, *Morel·la*

IV. Cors en penombra

En Daniel Torres, l'inspector en cap de la policia, es bellugava inquiet al seient. Un munt de paperassa sense resoldre i per endreçar envaïa la taula del seu despatx tot amenaçant-lo de fer-li perdre els estreps. El calendari que tenia damunt la taula encara marcava el vint-i-tres del desembre passat. No l'havia canviat, no tenia cap pressa per començar un nou any que no prometia res afalagador.

Que tanoca! No entenia com podia haver estat tan cec.

El glop de cafè que havia fet tenia el gust amarg de la derrota d'una batalla en què no havia lluitat. I no tenia cap denúncia, cap prova contundent, res. Només l'evidència d'uns fets tan reals com desestabilitzadors.

Ara, després d'uns quants anys, es reprenia la mateixa situació de la qual ell havia estat protagonista, en un altre temps, en un altre lloc.

I pensar que qui li havia obert els ulls havia estat la Roser, la mare de la Marina...

L'inspector Daniel Torres vivia a la plaça Sant Felip Neri, a l'antic barri del Call de Barcelona, i cada matí s'encreuava amb la Marina quan aquesta anava a escola. Eren veïns.

Tot just ahir, la pobra dona el va anar a trobar a casa seva. Estava confosa i trasbalsada, i no era només per haver perdut la filla. Ho havia rumiat molt, no sabia si dir-li-ho: li va confessar que tenia por que no hagués estat una mort natural. Però, qui podia voler mal a la Marina? Li va dir que a l'hospital, quan va morir, el metge va demanar de fer l'autòpsia i que aquesta, ara que ja en tenien els resultats, no havia aclarit res. Tot era molt estrany. El que la inquietava més era que, a l'hospital, havien trobat restes de flor d'acònit a la pell de la Marina i que, a casa, en recollir i endreçar les seves pertinences, també n'hi havien trobat, entre els seus llibres, concretament.

No podia evitar engolir aquell cafè negre com el sutge i dolent com una metzina per a l'estómac mentre les seves idees, en penombra, se li apilaven al cap. Les flors d'acònit tornaven a fer acte de presència. Una altra vegada.

Feia vuit anys, al barri antic de Girona, unes joves havien mort misteriosament sense cap mena d'explicació coherent. Havien estat unes morts absurdes, sense sentit. La seva neboda havia estat una de les víctimes. La mort inexplicable de la noia li va fer parar atenció en aquells fets, però no en va treure l'aigua clara. Moltes vegades, cal que les coses t'afectin directament perquè les prenguis en consideració.

Va demanar canvi de destí amb l'esperança d'esborrar més fàcilment aquell trist malson sense aconseguir-ho del tot. I, ara, quan per fi li semblava haver recuperar la pau perduda, es trobava un altre cop davant aquell monstre sense cara.

El que no entenia era com no se n'havia adonat abans. La culpa era de la maleïda feina que se li amuntegava i li impedia estar per res. Ni a l'enterrament de la pobra noia havia pogut anar! Això, i que havia passat les vacances de Nadal fora de Barcelona l'havien desconnectat, fins ara, del possible cas.

En morir la Marina, no va pensar en res que ho pogués vincular a Girona. Va creure que havia estat un succés dissortat, com tants altres. Però la conversa que havia tingut amb la Roser l'alertà que aquella situació que havia patit anys enrere tornava a repetir-se.

Però... com podia ficar-se en aquell cas quan ni tan sols ho era, un cas? Ningú no denuncia la mort dels seus familiars a la policia. Quan són morts naturals, no. És clar que, ara, potser podria comptar amb la denúncia dels pares de la Marina. Però tornava al principi: no tenia proves. Com llavors. Només unes flors d'acònit que portaven algunes de les víctimes. Hauria d'obrir una minuciosa investigació de les morts de les dues noies anteriors. Sabia, però, pel que havia aconseguit de les investigacions de Girona, que les noies no havien mort per l'efecte d'aquelles flors verinoses. Les diverses autòpsies ho havien demostrat, tot i que no se'n van fer de totes elles, ja que al principi res no va fer evidenciar que no haguessin mort per causes naturals. Com ara.

Hauria de posar-se en contacte amb l'equip mèdic. El destí inexorable el perseguia, però, aquesta vegada, no l'agafarien desprevingut.

Les vacances de Nadal havien passat amarades de tristor. Aquell any tot el barri semblava haver-se vestit de dol. Els llums esmorteïts, els espurnalls i les boles dels arbres de Nadal, tot i el seu color, van romandre descolorits.

Havia passat un mes de la mort de la Marina, i tot just les classes havien començat un altre cop. Novament, s'iniciava el repte.

A casa de la Marta, en Víctor i ella, envoltats de llibres i enciclopèdies que no consultaven, no sabien parlar d'un altre tema. Un sentiment de companyonia els unia malgrat que en Víctor es delia per poder demostrar-li el seu afecte, que anava més lluny d'una simple amistat.

—Em sento malament; és com si jo hagués pogut fer alguna cosa per evitar-ho i m'hagués quedat plegada de mans —s'explicava la Marta, pesarosa.

—Jo també tinc aquesta sensació... A vegades penso que tot ha estat un malson i que en qualsevol moment trucarà per telèfon o la veuré sortir agafada amb el meu germà.

En escoltar-lo, la Marta enrogí; la idea de veure en Ramon i la Marina agafats, junts, li feia mal.

—La veritat és que no feien gaire bona parella... —digué ressentida.

—Doncs jo penso que sí, que eren com fets l'un per l'altre, és com... Li anava a dir que també tenia aquella sensació envers ells dos, però va callar mort de vergonya. Només la idea de rebre un moc el feia desistir de tot acte agosarat.

—Me'n vaig a dinar; avisa'm quan surtis de casa —va dir de cop en Víctor, tot sentint cridar la seva mare pel celobert.

La Marta va pensar que sí que el trucaria, i així potser veuria en Ramon.

La Marta va trucar a la porta de casa d'en Víctor tal com havien quedat, però per més que va estirar el coll —quan aquell va obrir— no va veure en Ramon. A vegades, li semblava que s'amagava expressament. Ja sabia que ara no eren els moments oportuns, però ella només el volia veure. Res més.

De camí, gairebé no es van dir res. Millor així. La conversa que havien tingut al migdia havia obert una escletxa als sentiments —sovint contradictoris—, i tant l'un com l'altre tenien clar que es podien ferir molt fàcilment.

A l'escola, la tarda va transcórrer lenta i avorrida. La Marta pensà que tot era massa complicat... El pesat d'en Víctor que la seguia com si fos la seva ombra. Quin pal de *tio!* D'altra banda, li queia bé..., potser perquè s'assemblava a en Ramon. I en Ramon que mai no li havia fet cap cas. Oh!, tenia les idees molt confuses.

A la fi, decidí ser pràctica i s'endinsà en l'estudi com a únic remei a la seva solitud.

Aquella tarda, però, no veuria en Víctor, no en tenia cap ganes. Se l'hauria de treure de sobre com fos. Aprofitaria que ell tenia entrenament de futbol per no tornar junts de l'escola i aniria a la botiga d'antiguitats de la seva mare, al carrer dels Banys Nous.

De camí, s'aturà just davant el claustre de la catedral i li semblà que la torre del rellotge es movia. Podia copsar la penombra de l'interior, que se li encomanava. La va continuar mirant uns instants més. El mes passat n'havien caigut algunes pedres i la seu barcelonina, com havia passat ja altres vegades, n'havia iniciat les obres de restauració. Lluny dels aspectes arquitectònics, li semblà que la torre amenaçava alguna desgràcia. Llavors, apartà els seus pensaments i va enfilar el carrer de Sant Sever per davallar la baixada de Santa Eulàlia, i va recordar quan ella i en Víctor, amb un monopatí, s'aprofitaven del pendent del carrer.

El dring d'una campaneta va acompanyar la seva entrada a la botiga. Va trobar la seva mare molt enfeinada amb un marxant que no sé pas què explicava d'una calaixera que ella trobava molt passada de moda. La Marta no podia suportar les coses velles. La Júlia li deia que havia de diferenciar velles d'antigues, però ella ho veia tot igual. A la Marta li agradava estrenar.

—L'àvia és a casa, Marta... —li va dir després de fer-li un petó.

La Júlia tenia una manera molt diplomàtica de dir-li que feia nosa. En aquell moment encara li van agradar menys les peces de museu. Aquella calaixera s'interposava entre ella i la mare. Hauria d'esperar una ocasió millor per fer-hi petar la xerrada, i se'n va anar.

De tornada cap a casa, la Marta anava pensant amb quina excusa podria entrar a casa d'en Víctor per veure en Ramon. A més, en Víctor encara no hauria arribat de l'entrenament i tindria el camí lliure.

Aleshores, quan tot just estava obrint la porta grinyolaire, un trip-trap conegut l'encalçà per darrere.

—Estic fet una fera! Sóc el millor porter del món! —va cridar entusiasmat en Víctor.

—Has fet les mates? —va preguntar la Marta canviant de tema dràsticament per no sentir-lo parlar de futbol.

—Buf! D'aquella manera... Vine i les acabem de fer junts.

La Marta es revifà. Veuria en Ramon. Li sabia greu per en Víctor, no s'ho mereixia, però la idea de poder veure el seu germà era més forta. Amb el temps, el seu amic l'entendria.

Inesperadament, un mal de cap punyent li va prémer les temples fins a provocar-li una mena de mareig. Devia ser cosa de la pressió, com deia l'àvia, o potser eren els nervis, amb tant trasbals no tenia res d'estrany. Sí, això devia ser.

—Oh!, no! —va exclamar la Marta tot just quan travessaven el portal.

—Què passa? —va dir sorprès en Víctor.

—Que... què passa? Mira al davant! —va respondre ella molt baixet, a cau d'orella.

No tenien sortida. Al seu davant, tot just a dalt del replà de l'escala, la senyora Elvira els contemplava somrient, molt contenta de trobar algú amb qui fer-la petar. I anava sense pietat al seu encontre.

—Bona tarda, nois... Què, a estudiar, oi, macos? Això és el que heu de fer. Tot el que feu ara ho recollireu el dia de demà, i avui en dia s'ha d'anar molt preparat, que hi ha molta competència...

—Sí, senyora, sí, tenim molta feina.

En Víctor i la Marta van pujar els esglaons de dos en dos amb l'esperança de fer més curt el camí.

A en Víctor els nervis no li deixaven trobar les claus.

—Corre, corre, que és capaç de pujar una altra vegada! —va insistir la Marta tot posant-se la mà dreta al cap, com intentant ajudar la seva testa a portar el pes que l'oprimia.

Al final, d'un racó de la butxaca, van sortir les esperades claus, però...

—Perdoneu, macos...

La senyora Elvira havia girat cua mentre en Víctor i la Marta contemplaven entre aterrits i divertits com la veïna es dirigia cap a ells.

—Estem perduts; l'Elvira ataca de nou —va xiuxiuejar en Víctor.

—... No sabeu pas qui té la clau del terrat? —va preguntar la senyora Almirall.

—La meva mare en té una. Ella, ara no hi és, però la meva àvia sí. Si va un moment a casa meva, l'àvia la hi donarà.

—Moltes gràcies, maca. Veuràs, és que jo he perdut la meva, i com que ens han d'arreglar l'antena del televisor i no sé pas quan vindran, i val la pena tenir-ho tot a punt, si no després tot és perdre el temps i potser aleshores no trobaria ningú a casa teva, i tanmateix no m'agrada perdre'm el capítol de la novel·la del migdia. M'agrada molt... La mireu vosaltres? No, és clar, quina pregunta tan poca-solta; vosaltres a aquestes hores sou a escola...

«Pietat!», exclamaven els ulls de la Marta i en Víctor, que no s'ho van creure quan van ser a dins de casa. Ja a bon recer, es van quedar tots dos d'esquena a la porta aguantant-la com si tinguessin por que la senyora Elvira la pogués empènyer.

—No podràs anar-te'n a casa... —va dir en Víctor content de poder estar una estona amb la noia dels seus somnis.

Amb una ràpida mirada, la Marta intentà localitzar en Ramon. Si el veia, no calia preguntar on era.

—Tens gana? —va demanar en Víctor.

—No, però dóna'm una aspirina. Tinc molt mal de cap.

En Víctor se'n va anar cap a la farmaciola a buscar l'analgèsic mentre la Marta col·locava els llibres damunt la taula de l'estudi, i en aquell moment va aparèixer en Ramon, groc com la cera, seguit al cap d'uns instants per en Víctor.

—Ei, Ramon! Ens ajudes amb les mates? L'Oleguer, per variar, s'ha passat en quantitat —va demanar en Víctor alhora que allargava a la Marta un got d'aigua i una aspirina.

En Ramon, que no entenia aquell interès sobtat per les matemàtiques, es va asseure amb ells resignat a fer de professor particular.

La Marta es fonia d'emoció. El tenia al costat, molt a prop. Gairebé en podia notar el batec del cor. I en sentia l'olor, una olor de colònia de noi, seca, fresca, que a ella li agradava també posar-se. Per uns instants, fins i tot es va oblidar del mal de cap. Volia fruir d'aquells moments que recordaria sempre.

—Vols dir que m'entens? —va preguntar-li en Ramon en adonar-se que no estava per les matemàtiques, precisament.

La Marta l'entenia perfectament; era ell que no comprenia que estaven fets l'un per l'altre. Esperaria, però, perquè era tot molt just encara. I, d'altra banda, li sabia greu. Els sentiments d'en Ramon no podien desaparèixer així, d'un dia per l'altre.

La Marta va demanar per anar al lavabo. Havia de comprovar l'estat dels cabells, de la cara. Terrorífica. Resignada, però, amb la visió que li havia ofert el mirall, tornà cap a l'estudi.

—I en Ramon? —va preguntar la Marta decebuda en veure que no era allà.

—Se n'ha anat. Havia quedat amb uns amics per a no sé què d'un treball i se li feia tard —va explicar en Víctor, dolgut perquè havia vist com tota l'estona els ulls de la Marta miraven en Ramon.

Un cop de porta els va alertar que la senyora Elvira devia haver marxat. La seva pobra àvia devia haver aguantat tot aquell temps l'Elvira.

—Me n'he d'anar.

I en Víctor no li ho va impedir.

—Hola, àvia...

—Fas mala cara, nena... Que no et trobes bé?

—Tinc molt mal de cap; m'he pres una aspirina a casa d'en Víctor, però no se me'n va.

L'Angelina va notar com una glopada d'agre li pujava de l'estómac. Massa trasbals per a una sola tarda. De primer, l'Elvira... No era només la veïna ximpleta que pasturava per l'escala. Això només era una disfressa. Massa temps havia volgut ignorar-la potser pel mateix desig que no fos ella.

Era tard, i l'Angelina havia de tornar cap a casa seva. No era cosa de mortificar l'Ignasi amb la seva presència, i ell no trigaria a arribar. Però patia per la Marta; no se n'anava gens tranquil·la.

Pujà feixugament les escales —encara tenia el peu ressentit— i obrí la porta. Una olor de gessamí i de lavanda li inundà els narius. Era una altra de les manies de l'Angelina: perfumar la casa amb herbes, amb flors. Un cop es va haver tret l'abric, s'acostà a una finestra i va apartar la delicada cortina de blonda per sotjar el carrer. Tot i que encara hi havia botigues obertes, l'antic carrer de la Ciutat, estranyament, restava quasi desert. La memòria es perdia en el temps si feia repàs de totes les generacions que havien passat fins a la seva. Massa històries perdudes en la llunyania, en el record. I un sentiment de nostàlgia pels éssers estimats que ja no podia acaronar l'enfonsà en la penombra.

Sospirà i deixà la cortina, que, mandrosa, tornà al seu lloc. Se n'anà a la butaqueta, va seure i resà les seves oracions amb l'única llum d'una petita espelma —bell escut pampalluguejant— que havia encès. Tot això, més enllà de ser un ritus religiós, era un prec.

Ja no portava el guix al peu, però encara li feia mal. A la seva edat els ossos costaven d'arranjar-se. I ja era força gran. De fet, havia tingut la Júlia quan ja no pensava tenir criatures... No volia interferir gaire en la vida de la seva filla, però alguna cosa li deia que la seva presència es feia necessària. Hauria d'estar-s'hi més sovint.

Intentava posar el cap en ordre, desendreçat potser per la força dels anys. Tot allò que estava passant havia de tenir algun motiu. Havia viscut el temps i les experiències suficients per saber reconèixer aquella presència. Maligna.

A banda que la Marta era la seva néta i se l'estimava molt, li agradava molt com a persona. La Marta era una peça molt valuosa, sens dubte. I li agradava també en Víctor, aquell xicot espieta del celobert. Però prou veia que la seva néta només tenia ulls per al germà gran.

La batzegada d'un calfred la sotraguejà de dalt a baix i va sentir com des de la torre del rellotge marcaven les hores. Llavors va resar. Intensament.

V. Confidències i sospites

EN VÍCTOR no es podia concentrar gens en l'examen i només li faltava això per arrodonir els mals resultats que estava obtenint darrerament. L'altre dia, en Ramon no l'havia ajudat gaire i ho tenia molt difícil per poder superar les matemàtiques, però els seus fantasmes no el deixaven de petja.

No havia dormit bé i estava cansat, dolgut. Ja ho sabia, que a la Marta li agradava en Ramon, però se'n volia oblidar i potser en això s'equivocava. Tal vegada, hauria de fer el que sempre deien els grans: que havia d'estudiar i que les altres coses ja rutllarien soles.

La Marta no hi havia anat. Al matí ja no s'havien trobat. De primer, va pensar que no la volia veure, estava ressentit i no la va trucar a casa. Després, però, va decidir que desaria l'orgull per a una altra ocasió i la va esperar a la porteria, fins a l'últim moment. Al final, com que ja es feia molt tard, va pensar que se n'hauria anat cap a l'escola i marxà amb el desig i l'amor propi trepitjats.

Terrible! Només li quedaven cinc minuts i encara no havia resolt ni la meitat dels problemes que havia de fer.

La Júlia arrossegava el carret de la compra mentre pujava feixugament per l'escala rondinant per la seva condició d'antiquària, mare, mestressa de casa i, com ella deia, de senyora de fer feines. Tenia sort de viure en un principal, perquè una escala sense ascensor és molt cansat pujar-la, sobretot anant tan carregada.

Avui, s'havia agafat festa de la botiga i havia deixat sola l'Assumpta, la dependenta. Festa? Quina festa? Només calia mirar el carro... Per sort, la seva mare l'aniria a ajudar.

Després d'uns quants esbufecs, decidí no atabalar-se més i aprofitar el dia. Tanmateix, li havia anat la mar de bé, això de no anar a la botiga. Amb la nena malalta, era una bona ocasió per poder estar amb ella i poder compartir converses que moltes vegades quedaven interrompudes; això si no es trobava gaire malament, és clar.

Tot d'una, els seus pensaments reivindicatius i maternals es van esvair en topar la senyora Elvira, que també pujava escales amunt.

—Bon dia tingui! Vostè sempre tan atrafegada, que si la botiga, que si la família... Ahir vaig entrar un moment per demanar les claus del terrat, però com que vostè no hi era em va donar les claus la seva mare i...

—M'haurà de perdonar. Tinc pressa... No tinc la nena gens bé. Sembla que ha agafat un virus i està una mica pioca.

—Vaja, sí que em sap greu. Cuidi-la molt que és una floreta.

Aquella dona, amb la seva xerrera i tafaneria inesgotables, treia de polleguera la Júlia; bé, la Júlia i tot el veïnat. Mira que s'havia de ser cursi per dir que la nena era una floreta!

Per fi, la Júlia va poder obrir la porta tot arrossegant el carro, que pesava com un mort.

A dalt, al tercer pis, l'Elvira mantenia una conversa telefònica amb l'abric encara posat.

—... Joana... hi ha problemes... Ens hem de veure, t'he d'explicar el que em va passar ahir...

—Què fas aquí com un estaquirot? —va dir l'Elvira al seu marit mentre penjava l'auricular del telèfon indignada per sentir-se controlada.

—Oh, jo... només volia ajudar.

L'Elvira mirà amb menyspreu l'Andreu i s'esmunyí cap a la cuina per preparar-se una tassa de cafè. Necessitava prendre alguna cosa calenta. El fred del gener li calava els ossos, però no volia encendre la calefacció. No era pas que no tinguessin prou possibilitats econòmiques, simplement, era una manera més de fer la punyeta a l'Andreu. Es va treure l'abric i es posà una bata gruixuda d'estar per casa.

—Elvireta... I si encenguéssim la calefacció?

—Quantes vegades t'he de dir que és molt cara!

—És que avui fa molt fred...

—Doncs abriga't més!

El pobre home va desaparèixer de la vista de la seva dona per no irritar-la més i s'amagà al despatx, on tenia la col·lecció de segells. Era el seu consol, l'única cosa que li permetia fer l'Elvira sense que el renyés. Enyorava la feina de professor, el contacte amb els alumnes, les aules... Mentre havia treballat no s'havia adonat del que passava. Però, ara, des de feia un cert temps, tenia por que l'Elvira no tingués res a veure amb la imatge que volia aparentar. Els prolongats silencis, els viatges a París en els quals no volia que ell l'acompanyés...

Abans, l'Elvira no era així. Ara sabia, però, que no s'hi hauria d'haver casat. Tenia molt clar que havia estat un miratge. Ganes de casar-se, ve-t'ho aquí. La va conèixer al Museu del Louvre, a París. Ell hi havia anat amb un grup d'alumnes en un viatge de fi de curs i l'Elvira els feia de guia del museu. Van connectar de seguida i van quedar per anar-se veient, i com que tots dos ja s'acostaven als cinquanta anys, es van decidir ben aviat. Quina ficada de peus a la galleda!

El pare de l'Elvira els va regalar el pis del carrer de la Fruita, i ja feia vint anys que hi vivien. L'esmunyedissa felicitat només va durar dos anys. Tant de bo aquell miratge que el va enlluernar hagués durat per sempre.

—Hola, Víctor, passa, home, passa —va dir alegre l'Angelina—. Deus voler saber com està la Marta, oi?

—Com que aquest matí no ha vingut a l'escola...

—Sí, és que ha passat mala nit. Ahir a la tarda ja no es trobava gaire bé; deu estar una mica refredada. En aquests moments està dormint —va aclarir l'Angelina, sense donar gaire importància a la situació.

En Víctor va fer el gest d'anar-se'n, però, després d'uns breus moments de dubte i en creuar-se les mirades, va sentir la necessitat de continuar parlant amb l'àvia de la Marta, amb qui, malgrat la diferència d'edat, s'entenia molt bé.

—Vostè coneix la veïna del tercer, veritat? —va dir el noi, de sobte.

—La senyora Elvira? I tant! Qui no vols que la conegui, si sempre és per l'escala tafanejant-ho tot?

L'Angelina somrigué. Se'l va mirar en silenci i va llegir en els seus ulls el que pensava.

—No t'agrada gaire, oi?

En Víctor s'arronsà d'espatlles com una criatura que ha estat descoberta fent una dolenteria.

—No gens, i... fa coses molt estranyes... —va dir donant-se importància.

L'àvia se'l mirà com fent-li entendre que podia parlar, que a ella li agradaria saber què feia l'Elvira.

—No ho sé.. viu mig a les fosques... A vegades, a la nit, es reuneix a casa seva amb gent... com ho diria... desagradable, d'aquella mena de persones que no t'agrada topar...

—Ah, sí! He sentit dir a més d'un veí que fa espiritisme i coses semblants —va tallar l'Angelina—; no n'has de fer cas, són coses de vella xaruga. A la Marta tampoc no li agrada gens. I, si t'he de ser sincera, a mi tampoc. Tot i la seva manyagueria és una dona poc agradosa; ves què hi vols fer.

L'Angelina, en retrobar records perduts, va ser víctima d'una forta sotragada interior. Davant del noi, però, intentà dissimular. Va fer una pausa, es tragué les ulleres que se li estaven clavant massa damunt del nas i continuà amb la conversa.

—Víctor, et noto molt intranquil... Ja sé que amb tot això de les morts d'aquestes noies, de la Marina, especialment, és lògic que estiguis afectat, però et conec de tota la vida i em sembla que hi ha alguna cosa més...

Després d'uns instants de dubte en els quals en Víctor sospesà les paraules de l'Angelina, va dir:

—No ho sé ben bé, què passa... El problema és que no tinc cap prova raonable, però... hi ha alguna cosa estranya en tot el que està succeint, i la senyora Elvira hi és al mig..., i crec que vostè també ho pensa... —va afirmar convençut i alhora sorprès de les seves últimes paraules.

—Sí, noi, jo també ho crec; tinc la mateixa sensació. No totes les persones la tenen. Tu i jo podem notar en l'ambient allò que ningú més no veu. Encara ets molt jove i no saps com conduir aquest do que tens, però ja n'aprendràs.

En escoltar l'àvia Angelina, en Víctor es va deixondir del tot. Per primera vegada podia comentar un tema del qual se li havia barrat la porta. Els pressentiments, les vibracions que notava al seu voltant, potser no eren fruit només de la seva imaginació. I ara, per fi, algú l'entenia.

—A vostè també li passa? De sempre?

—Des que era molt petita... Tens temps? Vine, seu..., t'explicaré una vella història.

Lluny del seu despatx, l'inspector Torres s'havia esmunyit en un racó de sofà davant el televisor, voltat per dos dels seus tres fills i un veí amic dels nens, mentre devoraven crispetes i sentien remugar la mare que volia canviar de canal.

En Daniel Torres no es podia concentrar en el partit que es transmetia, i tal vegada potser trobava a faltar el cafè del despatx. Des de feia uns dies tenia la sensació que havia passat molt poc temps d'ençà dels successos desgraciats de Girona. Havien passat anys i li va costar adaptar-se al seu nou destí, però, ara, ell i la seva dona se sentien de ple identificats a Barcelona, al barri.

Els crits eixordadors del locutor televisiu el van alertar que el seu equip havia encaixat un gol del contrari. No era una vetllada rodona precisament, i el gos se li havia menjat les crispetes. Com podien agradar-li, a un gos, les crispetes?

Quina relació podien tenir aquelles morts? I si s'equivocava i s'estava obsessionant amb un tema absurd?

Feia dies que anava al darrere d'obtenir les informacions mèdiques que li poguessin aportar alguna dada interessant, però tot anava amb una lentitud exasperant. En breu, esperava mantenir una entrevista amb el metge que havia estat més vinculat al cas, un cert Josep Garcia. Intensificaria les actuacions policíaques i hauria d'interrogar molta gent.

Pel celobert sentí com cridaven en Pau, el veí, per anar a sopar, i amargament recordà la Marina i la seva neboda.

En Víctor s'acostà al celobert, tot i que ja sabia que la Marta no hi podria anar aquella nit. Enlairà la vista i veié el petit bocí de nit estelada que es destacava entre aquelles parets antigues. No tenia son i comptà les poques estrelles que es podien veure des del celobert. Era un vell costum que tenien ell i la Marta. Les nits del celobert eren seves.

Aleshores, recordà la història que li havia explicat l'àvia Angelina.

Li havia dit que, des de petita, podia notar presències negatives. Quan la desgràcia voltava per alguna casa, ella podia copsar-ho. Notava un malestar intens; era quelcom difícil d'explicar. Ara, després de tants anys, aquella emoció ja no li era desconeguda. L'alertava i potser alguna vegada havia pogut posar-hi remei. A ell també li passava, i potser fins ara no se n'havia adonat. Li semblava recordar que ho pressentí quan va morir l'àvia, potser també aquella vegada en què el pare va tenir un accident de cotxe...

L'Angelina li va explicar que, des que era una nena, estava avesada a sentir mil i una històries de bruixeria. Curiosa com era, i amb l'absència llavors de televisor, a la nit, espiava les converses dels grans.

Li va dir que quan ella només tenia cinc anys, una veïna seva va tenir la desgràcia que se li van morir dos fillets al cap de pocs dies d'haver nascut. No hi havia cap explicació perquè estaven sans i forts, però van morir. Llavors, va ser quan, per primera vegada, va tenir aquella impressió. Al cap d'uns anys, quan aquella dissortada donà a llum per tercera vegada, l'Angelina va decidir que aquella criatureta no moriria.

La pobra veïna i la seva mare eren amigues i passaven moltes estones juntes. La presència de l'Angelina en aquella casa era la cosa més normal del món, i això va fer que no tingués cap impediment per estar-s'hi les estones que li va fer falta. Va resar oracions que ningú no li havia ensenyat, li va girar al revés la samarreta, com havia sentit explicar a les àvies que calia fer per protegir els petits... Tots els seus escassos coneixements protectors els va posar en pràctica amb aquell nadó. Passaven els dies i vivia. Aleshores va pensar que ja res no li podria fer cap mal.

Un matí, la dona de l'herbolari —botiga on tenien el costum d'anar— se li atansà i li va dir que no s'hi fiqués. Amenaçant-la, li va dir que es cuidés de la seva feina, que si no se'n penediria. Però l'Angelina, convençuda del seu bon tarannà, no li va fer cas i va continuar amb la seva. I la criatura i les dues més que va tenir van viure. De fet encara tenia la sort d'encreuar-se amb elles pel carrer.

Era evident que la dona de l'herbolari havia estat la culpable de les morts anteriors i que s'havia aprofitat de la coneixença mútua de veïnes per fer mal a aquella pobra dona. Per què? Això no ho va arribar a saber mai, però va aprendre que la perversitat, malauradament, no necessita cap motiu.

No va dir res a ningú —qui hauria fet cas d'una nena petita?—, però va ser conscient que era posseïdora d'una força desconeguda per a la majoria. El problema era que d'altres també la tenien, però l'empraven per fer mal.

Des d'aleshores va saber que la seva condició li portaria més d'un problema, i això li feia sentir por, però no se'n podia desentendre. Com ell, que tampoc no ho podia fer. Ara, però, en Víctor sabia que tenia algú de la seva banda.

La nit va passar llarga i feixuga. L'àvia no va deixar la Marta ni un moment, la va vetllar tota la nit i va resar aquelles oracions que feia molt de temps que tenia oblidades.

La Júlia i l'Ignasi descansaven tranquil·lament convençuts que la Marta només patia un fort refredat.

El pensament de l'Angelina se li'n va anar cap a l'Elvira. Si alguna vegada havia dubtat de la seva veritable personalitat, el dia anterior, va desaparèixer tot rastre de dubte. Va tenir l'oportunitat de veure-la bé quan va entrar a demanar-li les claus del terrat. Van ser els ulls els que li van donar la pista definitiva. Feia molt de temps que no l'havia vist, així, tan a prop. L'Elvira havia canviat considerablement, però si alguna part del cos no canvia, són els ulls. Els ulls de l'Elvira tenien un blau molt peculiar, difícil d'oblidar. Una lluïssor estranya sorgia d'aquell color blau, de vidre, com el de les copes antigues que romanen tancades dins les vitrines, sense vida.

Les campanes de la Generalitat i les de la catedral dringaven marcant el ritme del temps. L'Angelina recordà...

L'Elvira era la filla de l'herbolari, aquell herbolari casat amb la dona que l'havia amenaçat quan era petita. L'Angelina, llavors, devia tenir uns vuit anys. Al cap de dos, va néixer l'Elvira, a qui anomenaven «Nani». Per això també, pel fet d'haver-la conegut més com a «Nani» que no pas pel seu nom de pila, li havia permès «oblidar-se'n».

Aquella família vivia també al barri Gòtic, al carrer del Veguer, i la botiga la tenien molt a prop, al carrer de la Princesa. A la mare de l'Angelina li agradava anar-hi a comprar; feia servir les herbes per guarir-ho tot i moltes vegades ella l'havia d'acompanyar. Sempre que podia se n'escapolia, però eren uns temps en què la canalla no tenia ni veu ni vot per decidir. Més d'un cop havia estat a punt d'explicar-li-ho tot, però mai no s'hi va atrevir. El pitjor era trobar-se amb aquella dona que la travessava amb la mirada. I la nena, la «Nani», tampoc no li agradava gens. Des que era un nadó, li havien cridat l'atenció aquells ulls singulars.

L'Angelina es va sentir en part alleujada quan la guerra civil ho desbaratà tot. L'herbolari i la seva família van haver de fugir a corre-cuita per motius polítics. Hom va dir que havien anat a França. Segons la gent, al cap de poc temps de ser allà, la mare de l'Elvira abandonà filla i marit i mai més no se'n va saber res d'ella. L'herbolari trigà uns quants anys a poder tornar a Catalunya. Acabada la guerra, però, i abans que tornés, s'encarregà de la botiga una neboda, la Joana, una noia que tenia la mateixa edat que l'Angelina. Val a dir que coneixia l'ofici i ben aviat reemplaçà el seu oncle.

Sovint, era la mare de l'Angelina qui li explicava el que feia la família de l'herbolari, ja que, per la seva afecció a les herbes, gairebé hi anava cada dia. Va saber també que la «Nani», ja feta una dona, s'havia quedat a París i que, a temporades, anava a Barcelona. En alguna de les seves anades, l'Angelina l'havia topat. El seu aspecte *hippy* d'abans no tenia res a veure amb el de senyora quica que lluïa ara. Llavors, el barri la tenia per una bala perduda. Va sentir dir que, a París, vivia en una comuna i era una revolucionària. La mare de l'Angelina no podia entendre com aquella noia havia perdut tant el cap darrere manifestacions i reivindicacions polítiques.

L'Angelina es va casar i durant molts anys es va desvincular de la família de l'herbolari. Es va assabentar, però, que quan aquest va tornar, la neboda també s'havia casat. Ell tornà a portar el negoci i la Joana marxà —no sabia on— amb el seu marit.

Havien passat molts anys. Marededéu, si n'havien passat! Havia nascut la Júlia, havia quedat vídua, tenia una néta...

I, mentrestant, què havia fet l'Elvira i la seva família? Pel que semblava, s'havia casat amb un beneit i anava amb aquell posat de senyora «pona». Ja era prou mala sort que hagués hagut d'anar a viure a l'escala on vivia la seva filla.

Era molt tard. El temps li havia passat enfilant records mentre vetllava el neguitós son de la Marta. Potser s'estava enquimerant amb una angúnia inútil que no portava enlloc o, tal vegada, era el pes dels anys que la feia repapiejar. Tant de bo que fos així, perquè no es volia acabar de creure que l'Elvira tenia alguna cosa a veure amb tot el que estava passant.

Per què ho pensava, això?

La turmentava el record d'experiències viscudes. Massa pressentiments que es convertien en realitat, massa sospites que de primer no tenien on agafar-se, per consolidar-se després en algun esdeveniment, per desgràcia, no sempre afortunat. I, ara, els vells fantasmes tornaven a fer acte de presència.

Per què no podia ser una persona com les altres?

Si, almenys, els seus neguits poguessin servir per aturar la malastrugança... Perquè no sempre havia pogut. Era la força del destí qui movia els fils. Aleshores, si aquest s'acabava sortint amb la seva... per què la feia servir de testimoni?

No podria suportar que li passés res a la Marta ni a la Júlia, ni tampoc al malcarat del gendre. S'acostava a la vuitantena i no voldria viure ni un dia més si havia de patir alguna desgràcia que afectés directament els seus.

Tanmateix, l'Angelina sabia que era un filtre, una pantalla de protecció. No faria cap mal esdevenint la guardiana de la Marta i d'en Víctor. Mentre tingués forces, ella els ajudaria a preservar la llum que tenien. La llum era un bé molt preuat pels sicaris de les tenebres, que no dubtarien gens de prendre'ls-la-hi.

Les campanes tocaven les sis del matí i la tènue llum de la matinada anunciava un nou dia. L'Angelina observà com la Marta dormia plàcidament. Ara, ella, també se'n podia anar a dormir tranquil·la.

Al mercat de la Boqueria, les anades i vingudes de la gent i la remor de compradors i venedors envaïa l'ambient. Com cada matí des de feia uns quants anys, l'Angelina Oliver passejava lentament pel mercat abans no es decidia a comprar; li agradava voltar ociosament per la plaça. Lluny quedaven els temps que havia d'anar a corre-cuita. L'Angelina pensava que si algun avantatge tenien els vells, era el de no tenir pressa.

Al cap d'una estona s'aturà davant d'una de les parades de peix on solien comprar ella i la Júlia. Aquell matí hi havia més cridòria que de costum. L'Angelina, però, no va fer cas de les converses i observà amb meticulositat culinària el producte ofert.

—Em sortirà bo avui, el palangre? —preguntà una mica per vici.

—És del bo i millor, senyora Oliver. Guaiti quins ulls i quines ganyes! Ja pot estar ben tranquil·la, que li guardo sempre el més fresc... Quina desgràcia, oi? —preguntà amb complicitat, la peixatera, que en veure la cara de perplexitat de la seva clienta li preguntà—: Que no ho sap?

—Què he de saber? —va preguntar, intrigada, l'Angelina.

—La nena de l'Alícia, la perruquera. Va morir ahir a la tarda. Així, sense més. Ningú no sap què dir-hi. Sembla, però, que ara la policia hi prendrà part. Ja són massa casualitats.

La peixatera s'explicava, cofoia de notificar esdeveniments per desagradables que fossin. El més important era mantenir l'atenció de la clientela. Mentrestant, els molls i les sardines van rebre una bona remenada.

—Quant anys tenia, la nena?

—Catorze o quinze...

No li va caldre escoltar res més. L'Angelina Oliver va pagar i se'n va anar en silenci, amb el cor encongit per l'esglai. La Marta s'havia guarit de moment, però sabia que ho tornarien a intentar. Ella l'ajudaria; la seva néta no estava sola. Encara que, a l'altra banda del camí, tampoc.

VI. Un bocí de cel

ANIMAT per la idea de poder comptar amb una aliada que donés suport a les seves temences, en Víctor estava decidit a compartir-les amb el màxim de gent possible. Si més no, era una manera de començar a fer alguna cosa. Però va trobar-se la cara més escèptica de la realitat: els pares.

—No diguis bestieses, Víctor! Com vols que la senyora Elvira tingui alguna cosa a veure en tot això? —exclamà la Sílvia.

—Que sí, que jo ho sé; és difícil d'entendre, però m'heu d'escoltar —demanà en Víctor.

—Jo ja he escoltat prou bajanades per avui —va tallar sec en Miquel.

En Víctor estava avisant-los i ells no li feien cap cas.

—Massa tele, molts llibres de fantasmes i, al damunt, el joc ximple aquest, de cartes...

—De «Magic» —va aclarir en Víctor interrompent-lo.

—Com es digui! La qüestió és que no estàs pel que has d'estar i així et van les notes! Però s'ha acabat; t'ho ben prometo, que s'ha acabat! —cridava en Miquel, mentre la seva mare anava corroborant les paraules del pare amb el cap.

Realment, el pobre Víctor ho tenia tot en contra. Una de les principals afeccions que tenia era llegir llibres de terror de tota mena, que intercanviava amb els amics.

Les bibliotecàries de la biblioteca on acostumava a anar estaven fregides amb les demandes del «client» més addicte. Els jocs de rol, les cartes de «Magic» i d'altres històries contribuïen també a engrandir el món fantàstic del noi.

En vista de l'èxit que havia tingut amb els seus pares, decidí provar sort amb el seu germà. En Ramon col·laboraria; n'era un implicat directe. Però se'n va desdir ben aviat quan el veié desemparat amb els ulls perduts. No va tenir forces per explicar-li totes les seves cabòries.

Com que va veure que no era un moment gaire oportú per fer participar als altres els seus problemes, decidí actuar en solitari i va acabar de sucar les galetes a la llet que tenia per esmorzar.

De tota manera, i malgrat tenir el vent en contra, en Víctor tenia pensat un pla. A partir d'aleshores apuntaria qualsevol esdeveniment que es produís, per insignificant que fos. A més, anotaria tots els records, les vivències passades. Ho endreçaria tot i quan ho tingués tot a punt... Aquest era el problema. Què faria, llavors? Potser no res, però valia la pena intentar-ho.

En Ramon, desconsolat, se sentia aclaparat per un pes que no podia suportar. El dolor, en lloc de minvar amb el pas dels dies, semblava fer-se més gran. Ara, després d'un mes, s'adonà que caldrien anys, potser tot el temps del món, per poder esborrar la seva pena.

Aquell dia, no tenia classe a la tarda, i com que l'endemà tenia exàmens, s'havia quedat per estudiar. I no podia.

Sol, a l'habitació, com una ànima perduda, amarat pels records i amb els sentiments estripats, veia com les il·lusions de l'amor s'havien esmicolat, trossejat a bocins.

L'havia trasbalsat també el que l'altre dia li havia dit la mare de la Marina. Li havia preguntat si ell en sabia alguna cosa, de flors d'acònit, que n'havia trobat entre els seus llibres... Flors d'acònit? Per a què les devia voler, la Marina?

La Marina... En aquells moments li semblava impossible poder continuar endavant, poder viure. No podria trobar mai ningú com ella, mai.

Recordà l'última tarda que van passar junts. Era el dia de Santa Llúcia i la Marina va voler anar a la fira. A ell no li agradaven les aglomeracions, però no la va voler contradir. Estava preciosa. Amb els cabells curts que li deixaven veure un rostre molt ben retallat i la minsa faldilla amb les mitges gruixudes.

La primera vegada que la va veure, ja se'n va enamorar, així de cop. Pujava per l'escala amb la Marta... la Marta. Per què s'havia de fixar en ell, la Marta? Com si no en tingués prou amb en Víctor!

I només faltava aquell nen amb les seves històries de bruixes i sospites estrafolàries d'assassinats en sèrie. Per sort, a ell directament no li n'havia dit res. Valia més que no ho intentés.

Al pati de l'escola, en Víctor rumiava preocupat tot el que li havia estat dient el germà Olaguer, el cap d'estudis. Si continuava d'aquella manera, li quedaria el curs penjat. Tanmateix, no se sentia gaire preocupat per les notes. Tenia problemes més seriosos, però els altres semblava que no el volien entendre. Li hauria agradat explicar-li, al germà Oleguer, el possible motiu de les pèssimes qualificacions. D'altra banda, ell sempre havia anat bastant bé, però no es va atrevir a dir-li'n res; se'n riuria, com els pares. I ell necessitava explicar-ho a algú. Amb urgència.

Si les coses passaven a l'escola, havia d'alertar-los.

—Ei, Víctor! Què fas sense jugar? —li va preguntar amistosament l'Albert Costa, el tutor.

Ja el tenia, la víctima oportuna. El bon jan de l'Albert. El germà Oleguer li feia respecte, però l'Albert li donava confiança.

Sense saber com, en Víctor, empès potser per la força que li havia donat la conversa mantinguda amb l'àvia Angelina, es va trobar explicant-ho tot a l'Albert: que si aquelles morts no tenien cap explicació raonable; que si l'Elvira, una veïna seva, hi tenia alguna cosa a veure; que les víctimes tenien quinze anys; que tot ja eren massa casualitats...

Evidentment, l'Albert se l'escoltava bocabadat.

—No em creus, oi que no? —va preguntar contrariat en Víctor.

—Noi, si vols que et digui la veritat, em costa una mica. Del que estic segur és que tu t'ho creus i que estàs realment preocupat.

En Víctor se'l mirà entristit mentre l'Albert, cap cot, semblava rumiar alguna cosa.

—Mira, Víctor, et diré el que farem... Tu et posaràs a estudiar com una fera i jo, mentrestant, he de pair tot això que m'has dit.

—És que tinc por que si no intervenim... que hi hagi més víctimes...

—Sisplau, Víctor, el primer que has de fer és asserenar-te...

L'Albert estava avesat a trobar-se amb tot tipus d'alumnes, alguns d'ells veritablement difícils, però aquell xicot se li escapava de les mans.

—M'ajudaràs?

Els ulls d'en Víctor eren una súplica.

—D'això, en pots estar segur. El que encara no sé és com, però ja hi trobarem una sortida, de veritat, però a canvi m'has de prometre...

—Sí, ja ho sé, que he d'estudiar més —va interrompre'l en Víctor.

El timbre va anunciar la fi del pati i, de mica en mica, els nois es van esmunyir, no sense recança, cap a les classes.

Aquell dia era l'aniversari de la Noemí. El doctor Josep Garcia anhelava haver pogut felicitar-la, tenir-la entre els seus braços, fer-li algun regal... No sabia on trobar-la. Alguna cosa li deia, però, que aviat en sabria alguna cosa. Hi havia dies que l'esperança creixia en ell d'una manera desmesurada.

De moment, però, tenia part del matí ocupat. Havia quedat per parlar amb un inspector de policia que estava seguint el cas de les noies mortes. Ho feia extraoficialment, perquè, segons li havia dit, no tenia proves, ni denúncies amb què començar una investigació en ferm. Ell patia una situació semblant, i en certa manera desitjava aquella trobada. Potser en traurien una mica l'entrellat. La mort de la quarta noia el desconcertava encara més. Una altra víctima, una nena gairebé, com les anteriors.

Es dirigí a la comissaria de policia amb l'estómac buit. Hauria d'haver esmorzat, però no tenia gana. Quan pensava en la Noemí se li feia un nus a la gola que li impedia empassar-se res. Patia per ella; de ben segur que s'havia ficat en algun embolic. Però, per què no li ho deia? Ell la podia ajudar. En el fons, pensava que la noia tenia massa orgull i no volia dependre d'ell. La vida de la Noemí era digna d'un serial: òrfena des de ben petita, s'havia passat la infantesa i part de la joventut en una institució de protecció de menors. Era evident que no s'havia educat dins l'ambient més idoni. El pitjor, però, va venir després, quan va creure descobrir el món i es convertí en una aspirant a la delinqüència. Una intoxicació d'èxtasi amb el consegüent ingrés de la Noemí a l'hospital, va ser el que els va presentar. Per la seva part, així que la va veure, va sentir allò que en diuen amor a primera vista. L'aspecte fràgil, quasi trencadís de la noia i la sinceritat i la frescor que traspuava, el van enamorar. Sinceritat... ell es pensava que la Noemí el corresponia. Prou ho veia ara, que darrere aquell rostre de nina només hi havia secrets.

Atabalat pels seus propis pensaments, es trobà al davant de la comissaria. Hauria de deixar els problemes personals a la porta per encarar-se de ple al tema que l'havia portat fins allà.

—L'inspector Daniel Torres? —preguntà a un xicot uniformat amb cara de bons amics.

—Qui el demana?

Després d'haver-se identificat tot ensenyant el seu DNI, en Josep Garcia, amb força gana a l'estómac, es va asseure en una cadira i esperà que l'avisessin.

Al cap de pocs minuts, el noi que l'havia atès li indicà que podia passar al despatx de l'inspector.

—El proper passadís a mà dreta. La primera porta.

En Josep Garcia va fer un truc a la porta i entrà dins un despatxet ple de pols i de papers desendreçats i amb una olor de cafè barat del qual aviat li van oferir una tassa.

—És força dolent, però jo hi estic tan avesat que em sembla que no podria estar-me'n —va dir l'inspector en cap amablement.

—Hauria de cuidar això —va dir per deformació professional—, es pot convertir en una addicció... Ens coneixem, oi? Del barri...

L'inspector Daniel Torres i el doctor Josep Garcia van canviar impressions sobre quina era la font de la seva coneixença, i ben aviat van connectar com si fossin amics de tota la vida. Cap dels dos, però, no s'atrevia a encetar la conversa per a la qual havien quedat.

—... el que li vull explicar...

—Parlem-nos de tu... A més, som veïns —el va interrompre l'inspector.

—... tot això que està passant no té cap ni peus...

—Patien alguna malaltia de cor? —va preguntar de sobte l'inspector, anant de ple a l'assumpte.

—En absolut. Totes, a més de joves, eren unes noies molt sanes i...

—Què me'n dius, de les flors d'acònit? —va inquirir impacient l'inspector per saber l'opinió del metge.

—Res més del que possiblement ja saps. Les autòpsies, anàlisis i altres proves que s'han practicat a les víctimes no justifiquen la mort. Totes, això sí, han presentat unes dermatitis en un grau més o menys alt.

—Ho tens clar, que aquesta no va ser la causa?

—Ben segur. Hi ha alguna espècie d'aquesta planta que pot causar la mort, però no era del tipus que hem trobat. T'ho ben puc assegurar.

—Com a Girona, el mateix...

—A Girona? —preguntà en Josep intrigat.

Després de rebufar i fer un bon glop de cafè, en Torres li explicà tot el que sabia de Girona. A part de ser d'utilitat per al cas, necessitava dir-ho.

En Josep es quedà força perplex. No s'hauria imaginat mai el que acabava de sentir. Després d'uns breus moments de silenci en què cadascú païa la conversa que estaven tenint, el metge va dir en veu alta el que tots dos estaven pensant.

—El que és molt clar, doncs, és que algú o alguna cosa les ha mort.

—Evidentment, i això serà el més difícil d'esbrinar.

Llavors, amb l'ànima alleujada, en Garcia es dirigí al bar d'en Paquito, on acostumava a fer els esmorzars —en Paquito, entre altres coses, preparava uns saborosos entrepans de pernil—, i demanà també una cervesa.

I, quan tot just hi havia clavat la primera queixalada, sentí com una càlida mà es recolzava damunt la seva espatlla. La Noemí.

La Júlia havia fet quedar la Marta tot el dia a casa. Valia la pena que s'acabés de refer. D'altra banda, la Marta anava molt bé en els estudis i no vindria d'una mica perquè perdés un dia de classe, i l'àvia, l'Angelina, era amb ella.

Aquell, havia estat un dia bo per a la Júlia: de primer, la nena recuperada; de segon, havia fet la compra d'unes peces molts interessants a un antiquari, i, per acabar, en pesar-se a la bàscula, havia perdut un parell de quilos.

Va sentir el timbre i la Júlia no va poder amagar el riure quan, en obrir la porta, va veure l'Ignasi amb uns pantalons que, de tan curts, li arribaven a mitja cama. Realment, aquella no era la millor indumentària per a un senyor enginyer.

—A on vas guarnit així?

—Calla, calla! —va exclamar enfurismat l'Ignasi per les rialles de la Júlia.

Després del primer moment, la Júlia va veure que havia passat alguna cosa, particularment quan es va fixar bé en la cara del seu marit inflada i plena de nafres.

—Què t'ha passat? —va preguntar la Júlia preocupada.

—M'he cremat amb sosa! —va contestar l'Ignasi content de veure el canvi d'expressió als ulls de la Júlia.

L'Ignasi li va explicar que quan estava dirigint la instal·lació d'una depuradora, una maleïda mànega d'un camió de sosa que estava mal col·locada, es va desprendre de cop i amb la mateixa força descarregà tot un raig damunt seu. En Cisco, un dels operaris, li va haver de deixar roba. Era evident que la diferència de talla posava en evidència que en Cisco, en qüestió, era molt més baixet.

—T'hauria de veure algun metge... Anem aquí al costat; si la Sílvia és a casa, que et doni una ullada.

L'Angelina, que havia sentit el que havia passat, aparegué amb una pomada a la mà de la qual va dir totes les virtuts.

—No s'amoïni, gràcies, ja estic bé... I no cal que encengui cap espelma!

L'Angelina es va haver d'amagar les ganes de riure. Sota aquella capa de duresa de l'Ignasi, s'amagava un tros de pa. Això sí, no podia veure les espelmes.

A la nit, un so assajat al vidre avisà en Víctor que la Marta l'esperava al celobert. Tenia molt bon aspecte, ja estava totalment recuperada.

—M'hauràs de posar al corrent del que ha passat a l'escola.

Aquell era el moment oportú. Ja feia dies que en Víctor tenia ganes d'explicar a la Marta els seus pressentiments. Les seves sospites, però, només van divertir la Marta.

—T'ho hauries de creure; l'Elvira cada dia fa coses més sospitoses. No en tinc proves, però ho sé, ho pressento i la teva àvia també.

—La iaia?

Allò sí que va deixar la Marta ben parada. Des de quan en Víctor i l'àvia es feien confidències? És clar que l'àvia era molt especial.

—Marta..., el teu aniversari és el tretze de març, oi?

—Sí... per què?

—No, per res.

La Marta se'n va anar a dormir pensant en totes les coses que li havia explicat en Víctor. Se'n feia creus, de la imaginació que tenia. Des de ben petit que s'inventava tota mena de jocs i històries. Qualsevol motiu li servia d'excusa per fer una pel·lícula. Havia de reconèixer que era molt divertit. Aquell dia, però, semblava amoïnat. De sobte, va tenir un desig: volia veure el cel, el bocí de cel que es veia des del celobert. S'aixecà del llit i s'hi acostà. El cel quedava molt lluny, però la Marta el sentí molt a prop.

Tercera part:

Febrer

«Les passions humanes són un misteri i als nens els arriba igual que als grans.»

Michel Ende, *La història interminable*

VII. El vent de l'oblit

LA JOANA SALA passejava amb pas decidit travessant els jardins de la plaça de Ramon Berenguer. Enlairà la vista i es trobà amb les antigues muralles de la ciutat. Allà romanien, sense moure's, testimonis del pas inexpugnable del temps.

Carregada de bosses, havia aprofitat les rebaixes per proveir-se de coses que en una altra època de l'any no hauria comprat mai. Cansada, s'aturà un moment, deixà les bosses a terra i es va apartar les ulleres, que li havien marcat un petit solc a cada banda del nas. Amb un mocador es va treure una brossa que li havia entrat a l'ull. El fort vent li esvalotava els curts cabells de blanc nivi i així, desproveïda de les ulleres, semblava una deessa grega. Se sentia més lliure sense elles i les desà a la bossa. Una dolça i calenta flaire li enterbolí l'olfacte en passar per davant de la pastisseria que presidia la plaça de l'Àngel. No tenia gaire temps i no podia comptar amb gaire ajut. Aquella bleda de l'Elvira, ara, li venia amb escrúpols.

A Girona ho havia tingut més fàcil. L'Elvira no hi havia intervingut, és clar. Les persones que l'havien ajudat eren de total confiança i, sobretot, eficaces. Però se n'havia hagut d'anar d'aquella ciutat. De fet, molta gent pensava que havia mort, millor així. Prou bé que li havia sortit; fins i tot havia pensat que ja no hauria de continuar més. Però ara no podia, havia de continuar. Grups de sis, només de sis, amb gent escollida i ben ensinistrada. Per sempre, fins que el temps es perdés en l'infinit o les coses tornessin a ser com abans...

L'Elvira, darrerament, estava molt nerviosa. Sempre li havia fet el mateix; quan més se n'havia de refiar, la deixava penjada. Havia d'actuar ràpid. De manera que decidí deixar el cansament per a una altra estona, pujà a casa seva i trucà per telèfon.

L'Elvira, encara tremolosa, penjà l'auricular. A l'altra banda del telèfon havien estat contundents: «Aquesta vegada no hi ha d'haver canvis, Elvira.»

Passava el temps i ella encara no havia pogut fer res. Aquesta vegada no li era gens fàcil. Mira que li ho havia dit: forces contràries li barraven el pas. Però la Joana s'havia entossudit amb aquella noia...

Les coses havien anat massa lluny i ella es feia gran i es tornava feble. Tanmateix, la Marta li queia molt bé, fins i tot se l'estimava una mica. Ella no havia tingut fills ni n'havia desitjat. Ara, li sabia greu.

Va prendre un analgèsic —el reuma que patia als genolls la tenia adolorida— i s'estirà al sofà embolicada amb la descolorida bata d'estar per casa. Realment, l'Andreu tenia raó i feia molt de fred; aquell hivern estava sent molt cru i, a més, aquell dia, feia molt vent. Pensà en l'Andreu... No s'hi hauria d'haver casat, no se l'estimava ni se l'havia estimat mai. Una mica sí, potser, amb una barreja de llàstima i menyspreu que cada vegada se li feia més insuportable. Pobre ximplet! El pitjor era que ja no es podia fiar d'ell, i... de què li servia? De no res.

En Víctor se'n feia creus, de com era possible que la Marta es posés al dia tan de pressa en el tema dels estudis. En un tres i no res ja estava al cas de tots els crèdits i recuperava els treballs que tenia pendents.

Ell, en canvi, camí de suspendre-ho quasi tot, repassava el bloc de notes, on apuntava els darrers esdeveniments. Qualsevol idea o bajanada, per estúpida que li pogués semblar al principi, ell l'apuntava. Ho anotava tot, per inversemblant que fos, amb l'esperança de trobar en les seves mateixes paraules, esdevingudes notes, alguna explicació.

Intentava trobar un lligam entre les morts i sempre arribava al mateix cul-de-sac. Totes eren maques, bones estudiants i casualment tenien la mateixa edat. Segons en Víctor aquest era el punt clau. El segon aspecte era la mort, l'aturada cardíaca, la presència de les flors d'acònit... Aquesta dada era molt interessant. Dies enrere, en Ramon li ho havia explicat quan li va preguntar si a l'escola havien fet algun treball de botànica o alguna cosa semblant en què intervingués aquesta planta. Semblava que també n'havien trobat amb la Laia i la Sònia. Hauria d'esbrinar si havien aparegut amb l'última víctima.

Una esgarrifança d'angúnia el trasbalsà de dalt a baix. Estava anotant aquelles dades com si fos la llista del supermercat quan en realitat eren el resultat de quatre vides que s'havien perdut. Havia de reconèixer que tenia por.

I en Ramon feia temps que ho sabia, això de l'acònit; mira que no haver-li-ho dit abans!

Ah! I totes eren filles úniques. Aquesta dada encara no l'havia registrat...

Mentrestant, el professor d'anglès s'esgargamellava inútilment, davant d'un Víctor que estava immergit del tot dins el seu bloc.

Un crit del mestre el va fer entrar del tot en uns exercicis dels quals no havia entès res.

Llavors recordà el que li havia dit l'Albert, que havia d'estudiar més, i decidí guardar el bloc a la motxilla.

Més tard, a la sala de professors i durant una reunió extraordinària convocada per parlar dels últims esdeveniments, l'Albert Costa va aprofitar per comunicar a la resta del professorat la situació d'en Víctor. El cas d'aquell xicot era digne de tenir-se en compte i l'Albert, com a tutor, intentà defensar-lo. A més, els exposà —com va poder— la història que el noi li havia explicat.

—En Badia, amb tot el que està passant, està força trasbalsat, molt neguitós. Tot això que explica crec que és una defensa que ell mateix ha creat contra el temor que sent, que sentim tots. Necessita ajut i... potser caldria que tinguéssim una mica de paciència amb ell. Sempre havia anat bé; proposo que li donem una mica de temps.

Els altres van comentar que sí, però que a vegades el noi estava impossible. El fet que estigués constantment als núvols no se li podia consentir per respecte al treball de la resta dels companys. El que no van veure gens clar era aquella estranya història que els va exposar l'Albert. Allò no tenia cap ni peus, tot i que més d'un es va neguitejar a la seva cadira. De tota manera, i després d'exposar els pros i els contres, van acordar que farien una mica la vista grossa. Almenys, per un temps.

Al cap d'una estona, l'Oleguer Masip es va aixecar de la cadira de la biblioteca i passejà pels passadissos de l'escola com deixant-se emportar pels pensaments. Durant la reunió havia estat a punt d'intervenir i comunicar els seus propis neguits a la resta del personal, però va pensar que calia esperar una mica. Hi ha temes dels quals no es pot parlar lliurement. No tothom està preparat i es pot perjudicar algú sense voler.

No volia recordar, però alhora ho creia necessari, i per això rememorà vells temps, quan ell i l'Elvira eren amants. Havien somiat moltes vegades junts. Aquest record, però, li feia mal.

Li va costar molt, però va aconseguir sortir d'aquell món. Semblava mentida com els sentiments es podien barrejar amb el sentit del deure i la responsabilitat. Com es podia confondre tan fàcilment el bé i el mal fins a no ser-ne conscients.

Va voler esborrar aquells anys dissortats llançant-se fervorosament a exercir una tasca altruista i va intentar cremar el record fins a convertir-lo en cendra, però, quan feia cosa d'un mes, se la va trobar per casualitat —o potser no va ser una casualitat—, va pressentir que aquelles cendres ressorgien del passat i cap vent, per fort que fos, no podria fer-les desaparèixer.

Havia tornat a trobar l'Elvira, sí. Però ara eren a l'altra banda del camí.

Cansada i amb els ossos cruixits d'artrosi, l'Angelina se'n va anar a dormir més aviat que de costum. S'havia de cuidar i necessitava descans. Hauria de menester totes les forces per poder fer front a una batalla en què encara no sabia qui era el seu contrincant. No entenia què passava i això la desconcertava. Durant tota la seva vida s'havia vist perseguida per aquell «do», per la facultat de tenir sensacions que els altres no posseïen. Quan topava algú, copsava perfectament la mena de persona que era, si era bona, si patia, si estava malalta... Evidentment, també notava si la persona en qüestió tenia un cor emmetzinat per l'odi, la rancúnia o el desig de fer mal als altres. Ella, aquell «do», el considerava un càstig.

«Aquesta nena té llum...», li deia sempre l'àvia a la seva mare. Quan era molt petita, l'Angelina no entenia què volia dir això. Sabia, però, que no era com les altres nenes. Ben aviat ho va anar descobrint per ella mateixa.

De vegades, havia pensat que tot allò li passava, potser, per influència de la seva família. La majoria la tenia distribuïda per unes contrades famoses per la presència de «bruixes»: Arbúcies, Vallgorguina, Badalona... Una llarga tradició —via matriarcal— de bruixeria l'atrapava. De bruixes blanques, però. La seva àvia mateix n'era una. En uns temps on els coneixements mèdics —i més als pobles— eren limitats, la saviesa heretada de mares a filles que permetia guarir malalties, per insignificants que fossin, era molt important. I lluny de ser dones perseguides, com havia passat temps enrere i en altres llocs, eren dones respectades.

La seva mare, en canvi, només havia fet de transmissora d'aquells coneixements. Mai no havia tingut la sensibilitat de què gaudien l'àvia i ella mateixa. Moltes vegades havia pensat que se n'havia anat a viure a Barcelona, fugint d'Arbúcies, per oblidar el munt d'històries que des de sempre havia viscut i sentit explicar. Fins i tot la feia patir que la seva filla arrossegués el llast d'aquella herència. Per això potser, perquè no patís, l'Angelina no li va dir mai el que sabia de la dona de l'herbolari. La mare en tenia prou amb saber les propietats curatives de les herbes. Era una dona que traspuava bonhomia, incapaç de veure malícia enlloc.

A hores d'ara, l'Angelina tenia el convenciment que l'Elvira era al darrere d'aquell assumpte i que la Marta estava en perill. Però pressentia que hi havia d'haver algú més. D'altra banda, quin interès... Sabia per experiència que sempre hi ha algun motiu: enveja, venjança, odi...: això era el que la perdia, el fet de no saber la causa. Quin interès podia tenir l'Elvira en unes noies, unes nenes? Era absurd. Però la maldat és absurda per ella mateixa també, no obeeix a cap lògica, no té sentiments.

Intentà treure's aquell malson resant amb fervor i al cap de poca estona s'adormí profundament.

El vent de l'oblit xiulava entre les parets del celobert com si volgués recuperar un record llunyà al marge de dos adolescents capaços només de viure el present. Però, per als records i per a l'oblit, es necessiten anys, i n'haurien de passar molts encara, perquè la Marta i en Víctor experimentessin aquest sentiment.

—Marta, t'ho torno a dir: sé qui hi ha al darrere de tot això! —va exclamar en Víctor entusiasmat de poder compartir els nous descobriments.

La Marta va esclafir a riure fent envermellir en Víctor.

—Tu riu, però l'Elvira és al darrere de tot això. No és pas casualitat, que ella conegués totes les víctimes...

Metòdicament, en Víctor li repassà, un per un, els lligams de coneixença que la unien a les dissortades.

—Primera: la Sònia, la de la farmàcia. Tots la coneixíem i l'Elvira sempre hi està comprant coses; la seva casa n'és una sucursal. Segona: la Laia. Anava a casa teva sovint a fer treballs i vivia al carrer del Call. L'Elvira pastura contínuament per aquell carrer. Tercera: la Marina. No cal fer comentaris. Quarta...

—D'acord, les coneixia, però com nosaltres —va interrompre la noia intentant treure importància a l'assumpte.

—L'hem d'aturar.

La Marta, evidentment, no li feia cas. La Marta era positiva de mena i, acostumada com estava a les exageracions del seu amic, pensà, com sempre, que en Víctor seria un excel·lent guionista.

—Et podries presentar als Oscars de l'any vinent. Aquest any ja no hi ets a temps.

—Com és possible que no em facis cap cas? Tu ets la primera que dius que sembla una bruixa! I ja saps que el barri en va ple, que fa sessions d'espiritisme i coses d'aquestes...

—No exageris! Està com un llum i té moltes manies, però d'aquí que sigui una assassina... A veure, digues... com les ha mort, eh?

—Van trobar flors d'acònit entre els llibres de la Marina; en Ramon m'ho ha explicat...

La Marta es quedà sorpresa mentre en Víctor la contemplava complagut d'haver despertat l'interès de la noia.

—Flors de què?

—És una planta molt verinosa, d'alta muntanya. Me n'he informat. Es veu que n'hi ha d'algun tipus que només amb el contacte, et pots quedar encarcarat.

—Apa, nen!

—Que sí, que m'he documentat! Té un verí molt potent que pot entrar per la pell i tot. M'agradaria saber l'opinió dels metges. Li vaig proposar a en Ramon que ho preguntés a la mare de la Marina, però m'ha engegat a pastar fang...

—És clar que t'engega! El deus atabalar massa, i a més..., en cas que la causa de la mort hagi estat aquesta planta, d'acord, però, per què?

Aquí en Víctor es va quedar sense resposta. Aquest era el quid de la qüestió. Com les havia mort? Per què ho havia fet?

El mòbil i el com se li escapaven de les mans i havia de reconèixer que eren dos punts determinants a l'hora d'emetre un judici.

VIII. Amenaces invisibles

D'ASPECTE SORRUT i malcarat, ranquejant d'una cama, prim, amb unes ulleres que semblaven caure-li del nas, el germà Oleguer Masip caminava amb dificultat tot dirigint-se cap a la plaça Sant Jaume.

Es recolzava en el paraigua que li servia de bastó. L'hauria d'haver deixat a l'escola, perquè quan travessava l'avinguda de la Catedral mirà el cel i observà que els núvols havien desaparegut i un blau nítid contrastava amb la grisor dels vells edificis.

Un cop a la plaça, el germà Oleguer esperà —no sense impaciència— al costat del Palau de la Generalitat. El rellotge de l'Ajuntament marcava les onze del matí i encara podia passar molt de temps més.

Per entretenir-se, anava comptant les rajoles de la vorera repetides vegades i dibuixava tota mena de figures geomètriques amb la punta del paraigua.

Feia estona que hi era, allà, palplantat, i els mossos d'esquadra que vetllaven la porta del palau se l'havien mirat força vegades. Potser hauria de canviar d'indret, però tenia el pressentiment que aquell era un bon punt.

No va voler mirar quin era el temps que havia transcorregut quan, de sobte, va veure l'Elvira que creuava la plaça carregada de bosses.

Sense pressa, amb el pas mesurat, l'Oleguer se li atansà.

—Tu... —va mussitar l'Elvira molt sorpresa de veure'l. Estava convençuda que no se'l trobaria mai més, sobretot des que va saber que s'havia fet religiós.

L'Oleguer Masip va mirar fit a fit aquella dona que temps enrere havia estat molt atractiva. Ara, però, la veia des d'una altra perspectiva.

—Deixa-ho estar, Elvira.

—Què és el que he de deixar estar?

—Ja ho saps. M'havies promès que no hi tornaries.

—No tens cap dret a ficar-te amb mi! I tu, tu no saps res!

—Sé el suficient per saber que algú està en perill i que tu hi tens alguna cosa a veure.

Contestant amb indiferència, l'Elvira es va girar tot donant-li l'esquena, però l'Oleguer la va aturar agafant-la fortament pel braç.

—Vés amb compte, Elvira!

Els ulls de l'Elvira es van il·luminar plens de ràbia, encesos com una teia.

—No em pots fer res; la teva condició no t'ho permet.

—T'he avisat, Elvira, no te n'oblidis.

En Víctor no s'ho creia, el professor tampoc. I no era cap miratge ni producte de la seva imaginació. Havia aprovat les matemàtiques després de molt de temps de patir crèdits variables de reforç. I tot solet, sense copiar ni res de res. El seu pare estaria content, almenys aprovaria aquell crèdit. No, ben pensat el seu pare no estaria gens content si només aprovés les matemàtiques. Darrerament, el seu currículum no lluïa gaire.

Llavors, tot desant l'examen que li havia lliurat el professor a la carpeta, ensopegà amb el «bloc» d'apunts, i en un moment totes les elucubracions mentals sobre el resultat de l'examen es van difuminar. Llegia i rellegia les poques dades de què podia disposar, intentant treure'n una mica de suc que li proporcionés alguna pista aclaridora.

No es podia treure del cap l'Elvira. Estava convençut que ella era la pedra de toc de tota la història. A les tardes, en acabar les classes, i quan pogués, la seguiria.

Ja a casa, l'Elvira deixà anar un esbufec llarg i tranquil·litzador. La trobada amb l'Oleguer Masip l'havia amoïnat molt... I l'Andreu?

Aquell home, cada dia que passava, esdevenia més poca-solta. A casa no hi era. Feia cosa d'un parell d'hores que l'havia enviat a la plaça a comprar i, a hores d'ara, ja hauria d'haver arribat. Remirà per tot el pis i comprovà que a la plaça hi havia anat, perquè, en entrar a la cuina, va veure el carret de la compra que romania al vell mig del passadís. Allò no era habitual en la manera de fer de l'Andreu; sempre ho deixava tot molt ben endreçat. Només havia desat les coses fresques a la nevera i la resta era damunt la taula de la cuina... Què el deuria haver fet sortir? On dimonis devia ser?

L'Elvira va acabar de desar-ho tot i plegà el carret. En passar pel mirall del passadís, s'hi va mirar. Un sentiment d'enyorança s'apoderà d'ella. Havien passat molts anys, però per més que en passessin no podria deixar mai d'estimar l'Oleguer. Però ell, aquell tros de covard, va fugir. No li ho perdonaria mai. De sobte, sentí com obrien la porta.

—D'on véns?

—Jo... he anat a veure el metge... No em trobo gaire bé.

—Però si tot just hi vas anar la setmana passada!

—Síii, però com que no em trec aquest refredat de sobre, i amb l'asma, doncs... —va dir mentre es mocava fent molt de soroll.

L'Elvira pensava que l'Andreu s'estava posant molt pesat. Necessitava pensar. Sortiria a fer un tomb.

—Ara vinc, Andreu, vaig a la merceria.

I, en sortir, de segur que destarotada pels últims esdeveniments, va ensopegar i va caure rodolant per les escales.

A l'ambulatori de les Drassanes, el doctor Josep Garcia tenia la consulta plena de gom a gom. Li costava concentrar-se en la feina i, per sort, aquell dia, no li havia tocat cap malalt conflictiu. Els malalts de cada tarda, els avis de sempre que s'entossudien a voler ser receptats fes falta o no.

—No, no li calen més antibiòtics, ja n'ha pres prou. Ja ho veurà, com de mica en mica es trobarà més bé —va dir amb professionalitat resignada.

La pobra dona se n'anà disgustada per no portar una recepta signada amb una altra tanda d'antibiòtics. Però el doctor Garcia encara tenia el cap una mica clar per no ser un irresponsable.

La rutina diària l'havia trencada l'Andreu Almirall. La seva visita l'havia sorprès molt. En Josep no parava de donar voltes a allò que li havia dit que no deixés de petja la Marta. De fet, li havia insinuat, obertament, que corria perill.

En la poca estona que havien estat junts, havia intentat preguntar-li més coses, però aquell home estava espantat i no li va voler dir res més. En Josep Garcia no aconseguia lligar caps.

Acabada l'hora de consulta, es disposà a repassar les fitxes de les nenes mortes. L'amoïnava no saber d'on aconseguir més dades. De moment, en tenia totes les possibles: el que li havien dit els metges de les primeres víctimes, el resultat de les autòpsies, les impressions que anaven intercanviant amb l'inspector Torres... Però tot era insuficient per aclarir res. Tornava a estar al cap del carrer.

Repassà, meticulosament, un per un, tots els casos. Que sabessin, el mes d'octubre es va produir la primera mort: una nena de quinze anys, la Sònia, la filla del farmacèutic. Tantes vegades l'havia topat en entrar i sortir de la farmàcia que... el seu metge li havia confirmat el que ell ja sospitava: cap malaltia, era una noia sana. L'única cosa irregular: restes de flors d'acònit dins la butxaca de la camisa.

Una altra vegada les flors d'acònit. Però aquestes —segons l'altre metge— tampoc no li havien provocat la mort. El verí d'aquesta planta, generalment, calia ingerir-lo. N'hi havia una espècie, però, altament tòxica que només amb el contacte podia provocar l'asfíxia, i amb l'asfíxia l'aturada cardíaca. Però, tot i així, no acabava d'encaixar amb els diagnòstics.

Després, el mes de novembre, una altra víctima, la Laia, companya de curs de la Marina. Presentava les mateixes característiques que l'anterior. No la coneixia personalment, però la seva àvia anava sovint a la seva consulta i aquesta li havia corroborat també el que havia dit el seu metge. Aquesta vegada, les flors d'acònit van aparèixer dins la motxilla de la noia.

I la Marina... Ell n'era el metge. La seva mort i tot el munt de comentaris que la van seguir el van alertar que no tenien cap justificació. Les maleïdes flors, però, tornaven a fer acte de presència! Quan la van ingressar d'urgències a l'hospital, una de les infermeres que la va atendre trobà restes de flors a la seva roba. En fer-ne anàlisis, es confirmà que era acònit. El mateix Torres li havia dit que la mare de la Marina li va explicar que n'havia trobat a casa, entre els seus llibres.

Els resultats de l'autòpsia i de les proves a què es va sotmetre l'última víctima, la filla de l'Alícia, la perruquera, refermà el mateix que sabien de les anteriors.

De cop, els pensaments se li'n van anar cap a la Noemí i concretament cap a la conversa que havien tingut al bar del Paquito. Ella li havia dit que li sabia greu haver desaparegut d'aquella manera, però que se sentia molt insegura; li havia dit també que l'estimava, però que necessitava temps. I ell li'n donaria tot el que fes falta, de temps i del que calgués. Potser encara tenien una oportunitat; havia tornat i això era el que importava. Se sentia feliç. Tot i així, sabia que la noia li amagava alguna cosa i temia que, probablement, estigués relacionat amb drogues. De moment, no ho volia espatllar escometent-la a preguntes. Ell estaria al seu costat per donar-li tot l'ajut i suport que fes falta.

El cap se li'n va anar un altre cop cap a l'estranya visita de l'Andreu Almirall. Què hi pintava, en tot aquell assumpte?

Capficat, decidí, de moment, deixar aparcat el tema. Havia quedat per veure's amb la Noemí abans d'anar cap a la consulta particular i no tenia gaire temps.

La Marta es trobava malament. A la tarda, se n'havia hagut d'anar de l'escola abans que acabessin les classes. Tampoc no podria assistir a classe de música.

Era la primera vegada en tota la seva vida que la Marta requeia. Sempre havia estat una nena que amb prou feines havia tingut un refredat. Però ara tenia molt mal de cap, acompanyat de tremolors i calfreds. I respirava amb dificultat; alguna mena d'al·lèrgia, potser.

A la Júlia li havia costat localitzar el doctor Garcia. Sempre anava més d'hora a la consulta particular, però la infermera li va comunicar que aquell dia hi aniria més tard.

Semblava grip. Això era el que va dir el doctor Garcia un cop hi va poder anar. Va dir que devia ser un virus, però va recomanar tota mena de precaucions, anàlisis, radiografies, que no van fer res més que alarmar la seva mare. I també va recomanar de fer un electrocardiograma. Per què? La Marta no havia patit mai del cor.

El metge estava angoixat i no ho havia pogut dissimular davant els pares; li sabia greu. En aquells moments, l'única cosa que podia fer era oferir-los els seus serveis mèdics —de ben poca cosa servien, però— i el seu suport a l'hora que fos. S'hi sentia personalment implicat.

Quan va sortir, es va encreuar amb en Víctor, que demanava si podia entrar. La Júlia no hi va tenir cap inconvenient; era com un més de la família.

El noi li portava llibres, un munt de llibres. Sabia que la Marta, per poc bé que es trobés, se'ls llegiria tots d'un glop.

La Marta li dedicà un somrís; els seus ulls lluitaven per mantenir-se oberts i la seva pell, molt blanca, tenia l'aspecte de la cera.

—He aprovat les mates... —va dir estúpidament en Víctor sense saber què dir.

I la Marta no li va respondre. No va poder.

La Marta havia marxat abans d'hora de l'escola. El germà Oleguer se'n va adonar només d'entrar a classe. De seguida el sorprengué el seient buit de la noia. I en preguntar als alumnes per la seva absència, en Víctor Badia li va confirmar que havia marxar tot just feia una estona, que no es trobava bé. L'Oleguer Masip va poder llegir l'angoixa en els ulls del noi i recordà tot el que s'havia parlat l'altre dia durant la reunió. Hauria de parlar amb ell. No entenia encara com aquell xicot podia deduir tantes coses —i sense anar gens errat—, però si no anava amb compte, aquell xitxarel·lo també podia estar en perill.

Li va costar molt acabar la classe de matemàtiques —ves per on aquell esbojarrat d'en Badia havia aprovat aquell cop—, perquè, en aquells moments, tenia el cap molt lluny de les aules i l'ànim poc predisposat a la docència.

Més tard, ja fora de la classe i a la sala de professors, l'Oleguer Masip tampoc no es podia concentrar en la correcció d'uns exàmens que feia dies que arrossegava dins la carpeta. La imatge de la Marta i l'Elvira el perseguia. La de l'Elvira sobretot. Desitjava que amb aquell avís ja en tingués prou, que s'aturés.

Considerant que no li feia profit el treball, recollí les coses, les desà a l'armari i se n'anà. Tenia una estona lliure i aprofità per sortir del col·legi.

Li convenia passejar, moure les cames. Malgrat la seva coixesa, que patia des de feia molts anys —fruit d'un accident de cotxe—, encara era prou àgil per fer caminades. Aquells tombs li servien per no rovellar-se.

En sortir, inspirà amb força l'aire fred que li vingué a la cara. Se sentia fort i posseïdor de la raó. Ara, ja no l'aturaria res.

L'Elvira seia davant un televisor que no mirava, ni tan sols feia zàping. Portava un braç embenat i això la incomodava molt. Havia faltat poc perquè no se'l trenqués. Encara no entenia com s'ho havia fet. La Sílvia l'havia atès. Era bo tenir una infermera com a veïna. Aquesta li havia insistit molt que anés d'urgències i que es fes una bona revisió i radiografies. Fins i tot s'havia ofert per acompanyar-la, però l'Elvira l'havia dissuadit dient-li que ja ho faria l'Andreu. L'Andreu, aquest era el problema més immediat. Per a radiografies i metges estava ella! El seu braç podia esperar, per més mal que li fes.

Mentrestant, l'Andreu fumava una cigarreta al balcó malgrat el fred punyent i el fet d'estar molt refredat. Però no s'havia pogut resistir a fer-ho i l'Elvira no li permetia que fumés dins de casa, la molestava molt el fum i la pudor que feia el tabac, que s'enganxava pertot arreu. No podia sofrir que les cortines quedessin impregnades d'aquella ferum i per això exigia a l'Andreu que, si volia fumar, que ho fes a fora.

Tenia mal humor. No feia gaire que la Joana li havia trucat per dir-li que pensava anar a la botiga del pare, que es podien trobar allà. Li havia hagut de dir que no, que havia caigut per les escales i que no tenia cap ganes de sortir de casa. Que hi anés ella, si volia! Però li feia ràbia pensar que estarien sols, el pare i la Joana. Semblava mentida, el pare també la preferia a ella, la cosina. No sabia com s'ho feia la Joana per arrabassar-li-ho tot. Els millors coneixements de l'ofici d'herbolari els hauria de tenir ella, la filla. Però no es podia queixar; ara ja era massa tard. Sempre s'havia desentès de les herbes. I la Joana se n'havia aprofitat, d'això. El que li dolia més era el fet que el pare tingués una imatge tan idealitzada de la seva neboda. No ho sabia prou, qui era aquella! El pare, és clar, no s'adonava mai de res, sempre al darrere de somnis utòpics, almenys en política. Bah! I ben trist que es va quedar quan la Joana li va dir que es casava i que se n'aniria a viure a Girona... No l'hauria pas trobat a faltar tant a ella, no!

Casat; la Joana li havia dit que s'havia casat. Ha, ha! S'ho va manegar prou bé per fer-li-ho creure i així desaparèixer una llarga temporada per fer de les seves. Li va dir que es casava per poders, ja que, en aquells moments, el «promès» era a Amèrica del Sud. Li va dir, també, que un cop casada, ella aniria cap allà i que després tornarien i es quedarien a viure a Girona, que allà el seu promès tenia possessions... Com era possible que no ho veiés el pare, que tot era una enganyifa! El «marit» en qüestió no el van arribar a conèixer mai. I, casualitats de la vida, la Joana va quedar vídua ben aviat. Abans, però, va tenir temps de parir una filla, fos del marit fantasma o de vés a saber qui.

Queia el capvespre i el fred s'anava envalentint. No sabia quanta estona feia que l'Andreu era al balcó; de segur que havia tingut temps de fumar-se tot un paquet. No, tant no, no era possible. Un truc darrere l'altre contra el vidre es deixaven sentir, trucs que l'Elvira no volia escoltar. Era l'Andreu, que ja havia acabat de fumar i volia entrar —havia de tancar-lo per dins perquè si no aquella maleïda porta s'obria—, però ella no el sentia, no el volia sentir i posà el volum del televisor més alt.

Se'l podia imaginar, estossegant, amb la gola irritada i posant-se nerviós. A l'Andreu, quan s'inquietava, se li contreia la tràquea fins a quasi ofegar-se; ja li havia passat altres vegades. Aleshores, és clar, no podia respirar; gairebé no entrava gens d'aire per aquell coll castigat pel fum. Per uns moments, va pensar que els veïns el podien sentir, però era molt difícil perquè la veïna de dalt era una pobra vella més sorda que una campana, i els de sota eren un matrimoni jove que a aquelles hores encara treballaven; al davant ningú no el podia veure tampoc perquè eren els darreres d'un magatzem de sastreria on, en aquella banda, no hi donava cap finestra. A més, no importava. Si algú, per casualitat, deia alguna cosa, ella dissimularia fent veure que s'havia distret amb el televisor.

Però no va haver de donar cap explicació a ningú perquè l'Andreu ho va entendre. No va trucar més. Per una vegada a la seva vida, va ser útil i la va deixar en pau d'una vegada.

De nit, molt tard, unes passes se sentien per l'escala. Era el doctor Garcia, que les pujava feixugament i per segona vegada en el mateix dia. Aquest cop, però, anava al tercer pis.

Hauria de donar un tomb a la seva vida. Treballava massa. Aquella mania de donar tota mena de facilitats als seus pacients, fossin particulars o de l'ambulatori, perquè el poguessin localitzar en casos urgents —i darrerament n'hi havia massa, de casos urgents—, estava acabant les seves forces.

No entenia què havia passat. L'Andreu Almirall no era pas tan vell per morir-se, i tot just l'havia vist aquell mateix dia. Era un pobre asmàtic a qui afectaven molt els canvis tèrmics, però res no li hauria fet sospitar aquell desenllaç.

La Noemí no havia anat al bar del Paquito on havien quedat. Només una simple nota: «Ho sento, no puc venir.» Una altra vegada l'havia deixat plantat. Per què jugava amb ell?

Enfadat i trencat per dins, pensava que ella no ho havia fet per ferir-lo. El problema era que s'havia equivocat amb la idea de no voler coaccionar-la. Ho hauria d'haver fet. Per experiència, sabia que els drogoaddictes canviaven d'humor com de camisa. Qualsevol cosa havia pogut produir un canvi. Que babau que havia estat!

Després d'observar el difunt, el metge va donar totes les explicacions pertinents al cas. De fet, i amoïnat com estava, el metge no va donar importància a la mort de l'Andreu tot pensant que havia estat un greu atac d'asma. Diagnòstic: insuficiència respiratòria aguda secundària al broncospasme amb la consegüent aturada cardíaca... Tanmateix, l'Elvira va respondre les preguntes del metge amb tota naturalitat.

—Ai Déu meu senyor, ai el meu marit! Aquesta mania seva de fumar a totes hores! És que jo no puc resistir el fum del tabac. Em ploren molt els ulls i ell se'n feia el càrrec, pobret meu, i jo... ve-t'ho aquí que no me n'he adonat, pobret...

—I vostè... què s'ha fet al braç? —va preguntar en Josep Garcia en veure el braç embenat.

—No res, que em faig vella.

L'Elvira s'esmerçà a distreure el doctor de preguntes que la poguessin comprometre i no ho va tenir gens difícil, donat l'estat emocional del metge.

Mentre baixava les escales, en Josep Garcia anava pensant que, realment, aquella mort era ben poca-solta. Però en aquells moments li semblà relaxant que algú no s'hagués mort d'un atac de cor i, més encara, que no tingués quinze anys.

Dos pisos més avall, la Marta feia veure que dormia. No volia preocupar més la família. La mare era al seu costat aparentant una tranquil·litat que no sentia.

L'ombra d'una amenaça invisible planava damunt d'ella mentre es deixava amoixar pel dring de les campanes que ressonaven dins el celobert, i pensà que en Víctor potser era allà. El voldria tenir al seu costat, i l'àvia, sobretot l'àvia.

Un mal de cap punyent li restava forces i no trobava prou aire per respirar. Es trobava molt malament. Li costava pensar; les idees se li enterbolien i tenia la sensació que la vida se li escapolia de mica en mica. No sabia què tenia, el doctor Garcia tampoc, i l'atabalava saber que l'endemà —si el seu estat no millorava— la portarien a l'hospital i li farien tota mena de proves.

De cop, quan van aparèixer les primeres llums de l'albada, el dolor cedí i va poder respirar amb llibertat. Així, de sobte. Sense cap raó.

IX. Penediments perillosos

—ÉS PERILLÓS, Joana, ho descobriran tot. No puc continuar, almenys, de moment... L'Andreu, rai..., ja no ens farà més nosa; això sí que ha estat fàcil, només l'he deixat fer... Hauràs de tenir paciència... I vigila més, el pare ha trobat a faltar acònit...

Torbada per la xerrada telefònica, l'Elvira recollia uns diaris que estaven escampats per la butaca del menjador. Ara li calia arranjar els papers de l'Andreu i disposar totes les coses per al funeral. Fins a l'últim moment li estava donant feina. Pobre diable! En aquells moments, un enyor estrany la posseí. Sentia pena i una mica d'estimació per aquell pobre home. A la seva manera, l'havia apreciat.

L'Andreu, durant molts anys, li havia servit d'escut, l'havia protegit d'ella mateixa, però això ara quedava molt lluny. La Joana, ara, havia tornat a interposar-se en la seva vida i, com anys enrere, s'havia deixat beure l'enteniment.

El temps que va viure a París, malgrat que li costà superar l'abandó de la mare, va ser força feliç. El pare abocava en ella tot l'amor i la tendresa que pot oferir una persona i suplia amb escreix l'absència materna. Fins que va aparèixer la Joana.

De primer, tot va anar com una seda. La cosina de Badalona, una noia que llavors tenia uns vint anys, s'encarregaria de la botiga fins que el pare pogués tornar a Barcelona. Però, la Joana, quan la botiga tancava per vacances, anava sovint a París i es quedava a viure a casa seva. Va ser llavors, durant aquelles visites, que la Joana la introduí a la secta.

Mentrestant, aprofità per anar guanyant-se la confiança del pare i, d'una manera molt subtil, els va anar separant. Després, ell se'n va anar a Barcelona i ella —aquí va ser on es va equivocar— es va quedar a París. Durant un temps, oncle i neboda van pujar junts la botiga; la Joana va aprendre tots els coneixements del pare, es va fer seva la casa del carrer del Veguer i, el pitjor, li va robar el lloc de filla.

Feia ben poc, però, que se n'havia adonat. D'això i de moltes altres coses...

El timbre de la porta la distragué dels seus pensaments. Els de la funerària havien anat a buscar l'Andreu i ella havia d'anar al tanatori de Sancho de Ávila. No en tenia cap ganes, però, si més no, ho havia de fer pel que dirien. Havia de complir amb les seves obligacions.

Li costava baixar l'escala. No es podia agafar bé al passamà; acostumada com estava a fer-ho amb la mà dreta, li semblava que l'esquerra no l'aguantaria prou. Se sentia atordida. Ni pentinar-se, havia pogut La trossa la portava ben torta; amb una mà era difícil de fer. Hauria d'anar a cal metge si el braç li continuava fent tant mal. S'aturà una mica per descansar i ho va fer davant la porta de la casa de la Marta. I sospirà.

Així que va obrir la pesada porta del carrer, que li va donar prou dificultats, el cor li va fer un salt. No s'esperava que li barressin el pas.

—Bon dia...

Una expressió estranya es dibuixava en el rostre de l'Oleguer.

Fou aleshores que l'Elvira va entendre la seva caiguda. Només calia llegir-li els ulls.

—Has estat tu, oi? Com has pogut...

—Et vaig avisar, Elvira. Atura't d'una vegada...

—I tu ets un religiós? Tu prediques la bondat! No ets pas més bo que jo; mai no ho has estat!

—T'equivoques! Tu m'hi has forçat! Em vaig prometre de no tornar-hi, com també ho vas fer tu!

—Aquell temps... tot era molt diferent...

—Aquesta nena, no en té cap culpa. Per què, Elvira? Dóna'm una explicació! —va demanar-li l'Oleguer sacsejant-li el braç sa, amb força.

El to de la dona va canviar i es va tornar més melindrós.

—No és cosa meva, Oleguer; jo no tinc res contra la nena. De fet, m'agrada i tot, però la Joana, te'n recordes de la Joana? La va topar un dia i va decidir que havia de ser ella; la necessitem, Oleguer. És necessari.

—Que és necessari matar una pobra criatura?

—Tu ja ho saps...

—Jo només sé que són uns ritus tan inútils com esgarrifosos. Has tornat a caure-hi. Maleïda bruixa!

Després, uns moments de silenci van planar sobre ells dos i calladament es van sotjar l'un a l'altre com si volguessin desenterrar vells pensaments.

—Abans, prou que hi participaves —va dir l'Elvira trencant el mutisme.

—Perquè estava boig per tu i hauria fet qualsevol cosa. Però t'ho dic i t'ho repeteixo: tot això és un disbarat, una bogeria de la Joana, que no ho entens? Tot això són dèries d'éssers desgraciats, de bruixes que no entenen res. No t'adones que la teva cosina t'està manipulant? No m'ho puc acabar de creure, que t'agradi fer mal. Hauries pogut fet tant de bé, Elvira, si la teva força l'haguessis conduïda pel bon camí! Hauríem pogut ser tan feliços...

Un silenci llarg va presidir la seva separació, amb els ulls plorosos l'un i plena d'odi l'altra. L'Elvira no podria oblidar així com així l'afront de l'Oleguer.

Les campanes de la catedral tocaven les vuit del matí. Quedava per endavant tot un dia enquimerat. De moment, però, deixaria la ment deserta i aniria a Sancho de Ávila, amb l'Andreu.

A classe, la Marta acaronava discretament l'escapulari que la seva àvia, amb tot el fervor, havia fet beneir. Li faria vergonya que els companys el veiessin i de segur que li haurien demanat explicacions. Ningú de la classe no en devia portar. Però ella se sentia reconfortada. El seu pare tampoc no l'havia de veure; li diria que tot allò eren supersticions, però l'àvia ho feia amb tanta fe que res de dolent no hi podia haver i ella se sentia més protegida. Tot el que estava passant darrerament la confonia. No entenia res. Se sentia la protagonista d'una pel·lícula que ella no havia triat i de la qual no es podia escapar. La veritat era que tenia por.

S'adonà que no seguia la classe i va haver de fer un esforç per submergir-s'hi. Alhora, va sentir la veu d'en Víctor que llegia un text i pensà que tenia una veu molt agradable, com de locutor televisiu; era, si més no, una veu estimada. Era un gran amic; a voltes pensava que no sabria què fer sense ell.

Per més que intentava aliar-se amb la normalitat, continuava trobant-se fora de la seva pell, però ara no era per la seva salut. Va pensar en en Ramon i, de cop, aquest es desdibuixava del seu cor. Potser l'àvia tenia raó quan li deia que moltes vegades no sabem apreciar qui tenim més a prop, qui ens fa costat sempre. Passi el que passi.

De sobte, la Marta es girà i dirigí un somrís a en Víctor que a ell li semblà el millor bàlsam del món.

L'avís del professor perquè continués la lectura es va perdre en un temps màgic, només per a ells dos.

No lluny d'ells, a la capella de l'escola, el germà Oleguer plorava afligit. Enutjat amb ell mateix, no es podia perdonar. Havia fet mal. No es podia esborrar el mal fent-ne un altre. Qui era ell per fer de jutge?

Una barreja de vanitat, d'orgull i d'ànsia de retrobar el poder s'havien confabulat contra ell i l'havien fet caure. Una altra vegada.

Totalment desassossegat, demanà la intervenció de Déu. La situació se li havia escapat de les mans. Ell només era un pobre boig. Les paraules de les oracions se li entrebancaven amb uns sanglots que venien de molt lluny...

Va conèixer l'Elvira en una nit de Sant Joan, festiva i càlida. Ell era un noi molt jove, tot just havia fet els divuit anys, i l'Elvira era una dona esplendorosa que s'acostava a la trentena. Li va presentar un amic seu, un restaurador d'art que en aquell moment havia estat treballant en un quadre de Jacques La Tour, al Museu del Louvre, on l'Elvira, periòdicament, feia de guia turística.

L'enlluernà l'esperit agosarat i desimbolt de l'Elvira, que en aquells moments estava passant uns dies a Barcelona, amb el seu pare. Aquella mateixa nit se'n va enamorar, perdudament, entre la brillantor del foc i la remor llunyana dels petards. Van despertar en un matí clar, rere una nit sensual i màgica. Sense que res ho pogués impedir, se sentí arrossegat per ella cap a un món desconegut. Només va tenir por de perdre-la, però això no passaria perquè ell la pensava seguir allà on fos.

Així ho va fer. Des d'aquella mateixa nit, la va seguir, a ella i als seus. Deixà estudis, família, tot. No es va qüestionar mai què estava fent. Res no importava, només l'Elvira. No veia res més.

Durant anys es va veure submergit en la maldat, embadalit com estava per aquella dona que només feia servir la feina de guia com a tapadora.

Fins i tot, va estar a punt de fer un disbarat, de convertir-se en un assassí. Necessitaven víctimes, deien; amb la seva sang pura, amb el seu sacrifici, aconseguirien l'eternitat. L'Elvira s'ho creia i a l'Oleguer poc li'n va faltar. No va saber com va despertar d'aquell malson. De cop, va veure que havia de fugir d'aquell horror, d'aquella secta —«Germans de Saturn», es deia— que només servia d'excusa perquè quatre desgraciats fessin la voluntat d'un altre ximple encara més desaprensiu. Els prenien els béns, els apartaven de la família i el pitjor: els xuclaven l'ànima. Tenien una xarxa de contactes estesa arreu del món. L'Elvira, i sobretot la seva cosina Joana, n'eren uns dels nexes principals a Europa.

Va decidir de fugir i volia que l'Elvira també ho fes amb ell.

«Hem de deixar tot això, Elvira», li havia demanat.

I ella li va dir que sí.

Però havien de prendre moltes precaucions. No els deixarien marxar lliurement. Van decidir que ho farien per parts. Primer l'Oleguer, que es va fer fonedís com un floc de neu, simulant un accident —el que li havia deixat la cama coixa—, i el van donar per mort. Havien acordat amb l'Elvira que, al cap d'un temps, ella també desapareixeria, tot i que ho tenia més difícil, ja que era un cap. L'Oleguer l'ajudaria com fos. Però l'Elvira no ho va voler fer, es va quedar enclotada dins l'abisme i, llavors, el destí els separà del tot.

Al cap d'uns anys, l'Oleguer es va fer germà i, un temps més tard, s'assabentà que l'Elvira s'havia casat.

Sort que, aquell matí, no tenia classe. No s'hauria sentit capaç d'explicar res als seus alumnes. Déu meu! Què podien aprendre d'ell!

Llavors, quan ja no sabia el temps que feia que era allà, un company se li atansà sol·lícit a cau d'orella.

—Et passa alguna cosa, Oleguer? Et puc ajudar?

Al seu despatx, en Miquel Badia repassava consternat la conversa que havia mantingut amb el tutor del seu fill, l'Albert Costa. No li havia dit res que no sabés; prou que ho veia, que no estudiava gens, però el fet que el tutor li ho confirmés deixava en evidència la capacitat de fer el gandul d'en Víctor.

Reconeixia que la situació no era la més favorable per treure excel·lents, però els resultats que estava obtenint darrerament i que prometia obtenir eren fora mida. Tot i així, l'Albert Costa li va dir que darrerament s'havia apreciat un petit canvi positiu en el seu fill. En Miquel pensava que li ho havia dit en veure la cara de pomes agres que feia.

El tutor va acabar dient-li que calia esperar que el noi continués així i que convenia animar-lo. Quin consol!

Tanmateix se sentia una mica culpable. Amb tot allò de les noies, especialment de la Marina, ell i la Sílvia s'havien abocat molt en en Ramon, tot deixant potser en Víctor de costat. Però precisament per això, per solidaritat amb la família, en Víctor hauria d'haver posat el coll en els estudis. Però no, en lloc d'estudiar i de fer costat a en Ramon, es dedicava a fer de detectiu, empipant tot el veïnat a la recerca d'alguna pista.

Quines penques! Qualsevol excusa era bona per deixar els estudis penjats.

Què es podia fer en una situació com aquella?

Repassà les opcions possibles: des de deixar-lo sense sortir els caps de setmana, fins a amenaçar-lo amb un estiu turmentós, passant per sotmetre'l sota la vigilància d'un professor particular desagradable. El problema, i en això havia de donar la raó a la seva dona, era que en

Víctor no reaccionava davant de mesures massa dràstiques, però el que no estava disposat era a deixar que se'ls rifés. La Sílvia deia que el millor era pactar i pactar a les bones, que en Víctor necessitava ajut... Quina barra! Aquell xicot no es mereixia aquells tractes. És clar que potser hauria de deixar fer la seva dona.

A la Sílvia aquell vespre li tocava anar a l'hospital. Temia anar-hi; se sentia tensa, amoïnada i tenia por de no fer bé la feina, però no tenia altre remei. El seu cap era lluny, molt lluny. Darrerament tot l'afectava.

Tenia ganes de ventilar-se i, encara que no li quedava a prop, hi va anar caminant. Tenia temps; només eren les vuit tocades i no entrava fins a les nou. A casa havia deixat en Ramon estudiant, semblava més confortat, i en Víctor... Què faria amb en Víctor?

Potser li hauria de fer una mica de cas; el noi tenia un no sé què d'intuïtiu que li feia copsar coses que per a la majoria passaven desapercebudes i, darrerament, tot era tan terriblement estrany...

Atabalada per les pròpies divagacions, enfilà el carrer de l'Argenteria i, en passar per davant de Santa Maria del Mar, hi entrà. Celebraven la missa de les vuit. Li hauria agradat quedar-s'hi, però també tenia ganes de caminar i l'Hospital del Mar quedava lluny. Una breu oració la va deixar més confortada.

El trepig lleuger que marcaven les sabates sense talons la va menar aviat a la plaça del Palau. Flairà el mar i es deixà inundar per l'aire salobre, com un cotxe que necessita combustible per poder circular. Un rar impuls l'engolia. De cop, li hauria agradat agafar algun d'aquells vaixells que estaven amarrats a port i fugir, mar enllà.

Després d'una bona estona de caminar, la presència física de l'hospital la tornà a la realitat. Però, quan tot just acabava de canviar-se, les seves companyes la van avisar aterrides.

L'esvalot que presenciava en la resta d'infermeres i metges li deia que alguna cosa no rutllava prou bé. Encara que intentà no preocupar-se gaire, de moment, ja que darrerament tots estaven molt vulnerables.

—Sílvia, un ingrés, ràpid, una altra noia... —l'avisà una de les seves companyes.

Les cames no li responien; mai no les havia sentit tan travades. Ara, quan més necessitava córrer.

El temor que pogués ser la Marta li treia respiració, però això no era possible. Només feia una estona que l'havia vist i estava bé.

Un estrany somrís que les seves companyes no entenien se li dibuixà a la cara, per retornar-li tot seguit el mal color. Observà la fitxa de la víctima i... era del barri, naturalment.

Hauria desitjat que fos d'un altre lloc, que fos de ben lluny, que no tingués quinze anys.

Uns tremolors sobtats aviat van donar pas a unes fortes convulsions. Una nàusea profunda que venia de molt endins li ennuvolà el pensament i li tallà la respiració. En dècimes de segon i sense que pogués remeiar-ho, la Sílvia va caure estrepitosament a terra.

Durant tot el dia, el tanatori havia estat força buit. El pobre Andreu només tenia per família l'Elvira, ja que ella s'havia ocupat prou d'apartar-lo de la poca que li quedava. D'altra banda, no tenia amics, ningú. El pare de l'Elvira hi va anar. Ho va fer per la filla, perquè pel gendre no sentia cap mena d'estima. No entenia encara com l'Elvira s'hi havia casat. Ara, però, es creia en el deure d'acompanyar-la i va estar amb ella fins que va caure la tarda. La Joana també hi era. No hi podia faltar.

Un cop se'n va haver anat el pare de l'Elvira, no hi va haver cap més obstacle perquè la Joana i ella poguessin parlar tranquil·lament; això sí, amb l'Andreu per testimoni.

—No puc més, Joana, no puc continuar, ho sento. No sé pas què em passa.

—Prou que ho veig. Per això aquesta vegada he «actuat» jo.

L'Elvira la mirà desorientada.

—Una altra nena, sí. No ens podem aturar ara. Però amb la Marta m'has d'ajudar...

—Ho hauríem de deixar, ja n'hi ha prou...

La Joana escoltava com la seva cosina es desfeia en explicacions que a ella no li interessaven gens.

—... I, a més, aquesta nena té massa llum. No puc amb ella i la maleïda de l'àvia l'ajuda; n'estic segura.

—L'àvia? —preguntà la Joana intrigada.

—Sí, l'àvia. Si ja fa dies que t'ho vaig dir! —va exclamar empipada—. Aquesta dona la protegeix, ho sé. N'havia sentit a parlar la mare, d'ella. Jo també la recordava de quan venia a la botiga. Fa anys ella i la seva mare venien molt sovint. Potser tu la coneixes i tot. De segur que a tu també te n'havia parlat, de l'Angelina aquesta.

—Angelina, has dit?

El rostre de la Joana s'havia transformat i mostrava tota l'atenció del món.

—Sí, què passa? La coneixes?

—I tant! Bé, no es pot dir que la conegui personalment, només així, de vista, però sé tot el que m'havia explicat la tieta d'una vegada que li havia desbaratat els plans... Ara ja ho sé, qui ens fa la guerra.

Aquestes últimes paraules la Joana les mussità entre dents sota l'atenta mirada de la seva cosina.

—Però, tornant al que dèiem, m'has tornat a decebre, Elvira. I no hi ha cosa que em posi més nerviosa que perdre el temps. Que no ho entens? Ha de ser la Marta.

Només ella... Et prometo que amb ella s'acabarà tot, t'ho asseguro.

—Massa promeses sense complir, m'has fet tu... No puc, i mira, si vols que t'ho digui, tampoc no vull... Ja ha mort una altra nena, millor potser que la Marta. Deixa'm estar d'una vegada!

L'Elvira se'n feia creus, d'haver-li plantat cara. Mai no ho havia fet així, tan obertament. I com si tot d'una li haguessin donat corda, continuà amb la tirallonga de retrets:

—I tu, tu..., sempre m'has enredat. Has entabanat el pare, feies conxorxes amb la mare d'amagat del pare i de mi...

—Perquè la tieta no en volia saber res, de vosaltres. Com volies que s'entengués ella, una dona forta, de caràcter, amb un somiatruites i amb una cagadubtes?

—Prou que t'hi fas tu, amb el somiatruites, i jo, jo era molt petita...

Unes sentides llàgrimes van brollar dels ulls de l'Elvira.

—Mira que n'arribes a ser, de fava! —exclamà, sorneguera, la Joana.

—T'hauries d'haver quedat a Girona. Jo, aquí, prou bé que m'he espavilat i sense fer tant de soroll. Amb els meus contactes, tot anava com una bassa d'oli. Tu, que presumeixes tant de sàvia... a qui se li acut «utilitzar» nenes del mateix barri? Han de ser criatures anònimes, del carrer, que ningú no les pugui trobar a faltar...

La Joana l'escoltava en silenci, un silenci molt més bel·ligerant que les paraules més dures, fins que decidí trencar-lo per continuar amb la conversa que a ella li interessava.

—... Així doncs... no en vols saber res més, d'aquest assumpte.

—No, ja t'ho he dit —va contestar l'Elvira embarbussant-se amb sanglots.

La Joana l'observà de dalt a baix molt atentament. Potser mai més no podria comptar amb aquella fleuma.

—Molt bé, doncs no tenim res més a parlar.

La Joana va fer mitja volta i deixà l'Elvira al costat de l'Andreu. Era evident que hauria de prendre cartes ella mateixa en l'assumpte. L'Elvira no volia continuar endavant.

Lentament, baixà per les escales del metro. Només tenia una obsessió i, per primera vegada, pensà en l'Elvira com una nosa. S'havia tornat feble —més del que ja era—, i un ésser feble era inútil.

Mentrestant, al costat del fèretre, l'Elvira plorava amargament. Un sentiment de penediment que ella tenia oblidat la consumia. No podia més, no volia més. I pensà en l'Oleguer.

Quarta part:

Març

«Has de saber que una bruixa no copeja mai els nens al cap, ni els clava un ganivet, ni els dispara un tret amb una pistola.

La policia agafa la gent que fa aquestes coses.

A les bruixes mai no les agafen.»

Roald Dahl, *Les bruixes*

X. Llum de primavera

AQUELL MATÍ de març havia començat amb un vent que semblava voler escombrar els records com si res no hagués existit mai. La Joana va tancar bé les finestres després d'haver ventilat tota la casa. Amb una estona ja n'hi va haver prou perquè l'aire bufés per tots els racons.

El timbre de la porta va sonar i la Joana l'obrí tot deixant entrar la noia que, amb cara desencaixada, anava al seu encontre.

La Joana ja sabia què li anava a dir. Feia molt temps que li ho demanava sense aconseguir res. La noia s'assegué tremolosa i amb ganes de tornar-se a aixecar una altra vegada. La Joana va encendre una cigarreta i l'observà atentament.

—Et vaig treure d'aquell cau, t'he educat, he mantingut les teves «necessitats», i això m'ha costat molts diners, tu ja ho saps...

—Ho sé, ho sé, i t'estic molt agraïda, només voldria...

—Què voldries? —preguntà la Joana intimidant-la.

—Oh..., jo només demano col·laborar en una altra mena de feina. No em vull desempallegar del meu agraïment, és que no em veig capaç de fer-ho, de continuar...

La Joana la travessà amb la mirada.

—Darrerament la gent que considerava més eficient, més fidel, m'està fallant. T'has enamorat fort, oi?

—Sisplau, ell no n'ha de saber res.

—Prou que ho sé. No m'interessa pas que ho sàpiga, el teu enamorat.

Res no divertia tant la Joana com quan veia que tenia una persona a les seves mans.

De sobte, canvià el to amenaçador per un de més manyac, quasi maternal.

—Tot anirà bé, està molt dèbil, la nena. De fet, les «flors» només són un ajut més; per si soles, aquestes, no són perilloses. Transmeten... com t'ho diria... la meva «energia» i moltes vegades no em fan cap falta. Per això que..., no te n'has de sentir responsable.

—No puc, no puc... —xiuxiuejava la noia en un trist lament.

Fent una forta pipada a la cigarreta, la Joana deixà anar una alenada de fum molt lentament mentre rumiava les paraules que podien fer més efecte. A la fi, es decidí pel més contundent.

—Ho sento, però no em pots fallar, o ella, o tu...

Les llàgrimes van rodolar per la cara de la pobra dissortada que, agafant la bossa, es dirigí cap a la porta.

—Té, deus necessitar diners.

I la Joana li col·locà dins la bossa un sobre amb un bon plec de bitllets i... les flors, curosament embolicades.

Esmaperduda, la visitant baixà les escales ensopegant. No tenia forces. No podia continuar més sense veure en Josep i, tanmateix, sabia que era millor per a tots dos que deixessin córrer la seva relació.

Abocada a un abisme invisible, la Noemí acabà de baixar els últims esglaons i es dirigí cap a un maleït destí que li tancava les portes.

Feia cosa d'uns sis anys que la Noemí es va trobar per primera vegada amb la Joana Sala. La va conèixer en una «disco» del barri de Ribera. Li va cridar l'atenció veure aquella dona gran i ben vestida en un bar de gent jove. Tenia un posat que corprenia. Potser el fet que ella l'observés amb curiositat, va ser el que va decidir la Joana a acostar-se-li.

Després d'un breu intercanvi de paraules i sense gaires preàmbuls, aquella «senyora» li va oferir feina, una feina molt ben pagada, per cert. Només calia —com a les pel·lícules— que no fes preguntes, que seguís les indicacions que se li anirien donant. I, sobretot, que estigués sempre disponible.

Com que necessitava diners, no ho va dubtar gens ni mica. La feina que li havia proporcionat la protecció de menors només li donava per malviure. Ara, no hauria de patir més, podria proporcionar-se els «xuts» que li fessin falta.

El problema va ser que es va passar de rosca i per poc que no s'hi queda per culpa de l'èxtasi. La van haver d'ingressar a l'hospital i allà va conèixer en Josep. Va ser com una alenada d'esperança; realment, el millor que li havia passat a la vida. Ell l'ajudà a sortir del món de la droga, a tenir respecte per ella mateixa, i el millor: se l'estimava. Per això mateix, perquè ella també se l'estimava, no podia complicar-li la vida. S'havia d'allunyar d'en Josep. La Joana era capaç de tot i no dubtaria a perjudicar-lo si això li podia reportar algun benefici.

Tanmateix, des que havia conegut en Josep, havia intentat fugir de les urpes de la Joana, però no havia pogut. Les vegades que s'havia escapat, ella sempre l'havia acabat trobant. No sabia com s'ho feia. A més, l'amenaçava constantment de denunciar-la a la policia. Amb el tema de les drogues ho tenia molt fàcil. A més, li tenia sotmesa la voluntat. Sabia que la hipnotitzava i que li barrejava alguna mena de droga alienant en el menjar, en les begudes... Feia poc temps que se n'havia adonat, d'això. Havia estat temptada de dir-ho a en Josep, però no s'hi atrevia. Ell no li perdonaria que l'hagués enganyat.

Uns gruixuts llagrimots van rodolar per les galtes de la Noemí. Amb la mà tremolosa, obrí la bossa per agafar un mocador i, en fer-ho, notà el paquet amb les flors. Una esgarrifança la féu trontollar de cap a peus.

De primer, l'Oleguer havia pensat que, malgrat tot, la seva topada amb l'Elvira hauria servit, si més no, per aturar-la. S'havia equivocat una altra vegada. No havia servit de res. Ella tenia raó; era un pobre diable i no havia pogut evitar la mort d'una altra noia.

Li sabia greu el que havia fet. No podia fer mal per aturar el mal. Havia de buscar una altra solució. Aniria a la policia, si calia. Explicaria tot el passat que volia esborrar. Havia de fer alguna cosa; hi havia més vides en perill.

No s'aturarien, n'estava segur.

La Marta, després d'uns quants dies d'haver-se revifat, havia tornat a emmalaltir i la vida semblava fugir-li portada potser per aquell vent —carregat de mals averanys— que anunciava la primavera.

Havia de passar a l'acció, però a una acció ben conduïda. Ja no es podia conformar només d'escoltar els comentaris de l'Albert parlant d'en Víctor. Aquell noi el feia patir. El seu alumne tenia raó i li agradaria ajudar-lo, però no sabia com. De moment, a part de resar, només podia fer una cosa: vigilar.

Els esdeveniments s'estaven precipitant sense treva i en Víctor va decidir d'una vegada per totes prendre part directa en l'assumpte. Convençut pels seus propis raonaments i esperonat per l'instint, estava decidit a tot. No podia continuar amb aquella angúnia ni deixar que el malfat continués regnant sense pietat.

No podia quedar-se amb els braços plegats. La passivitat el torturava i ja havia passat massa temps i massa desgràcies per continuar d'aquella manera.

La filla dels pastissers del carrer de la Llibreteria havia mort també. Ja no el despatxaria els diumenges quan ella hi anava per ajudar els pares. Ja no li donaria mai més cap bombó d'amagat. N'estava fart, de perdre gent volguda que el voltava, que estimava.

En Víctor tenia un pla. Massa temps havia trigat a posar-lo en marxa. I ara s'adonava que no tenia temps.

No aniria a l'escola. Per al que li servia en aquells moments! A partir de llavors seguiria l'Elvira fins a convertir-se en la seva ombra. Altres vegades ja l'havia seguit, però no havia estat res d'importància, unes quantes pistes sense gaire interès.

Havia d'aprofitar aquella nit. El seu pare tenia un sopar de feina i la mare s'estaria a l'hospital. El dia perfecte per poder campar al seu aire.

Les visites de l'Elvira al carrer del Veguer, però, el tenien intrigat. Tanmateix, calia fer un seguiment profund, constant i diari.

L'Albert no se l'havia pres seriosament. El volia ajudar però no se'l creia; només havia de mirar-li la cara.

En Víctor necessitava un còmplice. Potser en Ramon l'ajudaria. Li calia algun objectiu que l'ajudés a sortir del pou... De moment, però, s'agafaria tota la tarda per a ell.

També s'escaparia de l'entrenament de futbol. Potser ni el trobarien a faltar; cada dia ho feia pitjor. Li agrairien l'absència, de segur. Durant l'últim partit, ell mateix, tot solet, havia marcat un gol en pròpia porta. Tot un *crack!* Sí, millor desaparèixer una temporada d'escena i així quan trobessin a faltar la seva vàlua (això esperava) retornaria victoriós (per això es deia Víctor) i... Prou bajanades!

Llàstima, perquè a casa es respirava un període d'armistici, armistici que es trencaria quan s'assabentessin de tot allò de la campana —ben cert que a l'escola ho xerrarien—. Aleshores, l'esbronc que li cauria seria majúscul. Li semblava sentir el pare queixant-se a la mare: «Ja t'ho havia dit, que no es podia anar a les bones amb aquest xicot! Vés-te'n refiant, d'ell! Mira com t'ho paga!»

En acabar de dinar cridà en Ramon.

—M'has d'ajudar...

En Ramon se'l mirà alarmat.

—Et necessito de tapadora, nano.

En Víctor li va explicar que necessitava seguir l'Elvira, que estava convençut que ella era al darrere de tot allò, que tanmateix ell només havia de dir —per si trigava massa— que estava estudiant a casa d'un amic, que s'hi quedava a sopar, a dormir o el que li anés bé de dir, que l'Àlex —l'amic en qüestió— ja estava al cas.

En Ramon se l'escoltava entre divertit i sorprès, convençut que en Víctor no anava rodó. Tanmateix, no li va poder dir que no. No hauria servit de res; quan se li ficava una cosa al cap, no hi havia raonament a la terra capaç de dissuadir-lo.

—Amb una condició: em truques cada hora —li va exigir per protegir-lo mentre li donava el seu mòbil. En el fons, en Ramon potser es creia una mica aquella història.

—Ostres, *tio*, potser no m'anirà bé!

—O caixa o faixa, nen.

En Víctor no tenia altra sortida. No podia fer res més; necessitava que algú de confiança ho sabés perquè... I si li passava alguna cosa, com a les pel·lícules?

De segur, que al final tot acabaria amb un sermó antològic per part dels seus pares i s'haurien acabat les sortides, les partides de «Magic» i tota la pesca. La pesca, això, tampoc no el deixarien anar a pescar.

Amagat en un portal del carrer Sant Honorat, tot just a la cantonada del de la Fruita, en Víctor controlava les entrades i les sortides del número tres del carrer. El de la Fruita era un carrer tan petit, tan curt, que era molt fàcil controlar-lo. Només li calia esperar sentir el grinyol de la porta de casa; aquesta l'avisaria de si entrava o sortia algú.

Havien passat gairebé dues hores i ni rastre. Allò era molt avorrit. I ja portava dues trucades a en Ramon. Després de la darrera, el mòbil havia començat a avisar que s'estava quedant sense bateria, i si no podia continuar trucant al seu germà, aquest es posaria com una moto. En Víctor, de moment, no en tenia, de mòbil; els pares li havien dit que se'l pintés a l'oli, que no volien un altre motiu de distracció.

Per passar l'estona, mirava i remirava les seves cartes de «Magic». Se les sabia totes de memòria; amb els ulls les podia dibuixar sense perdre'n cap detall.

Per fi, unes passes conegudes que van seguir el grinyol de la portalada el van advertir de la sortida «d'ella». S'amagà, tot esperant seguir-la quan ja no el veiés. La disfressa que lluïa l'ajudava. S'havia posat unes ulleres i s'havia pentinat d'una altra manera. Li va costar molt perquè portava els cabells curts, però tirant-los tots cap endarrere tenia un aire diferent i se li veien més les orelles. Si la Marta el veia així, no li agradaria gens, segur. S'havia posat una jaqueta d'en Ramon que li anava gran —en Ramon era molt cepat— i semblava un altre individu. El *walkman* encasquetat donava l'últim toc de gràcia al camuflament.

Havien passat dues hores i cinc minuts des que en Ramon havia rebut la segona trucada d'en Víctor. El nano havia remugat molt dient que allò d'haver-lo de trucar li podia fer perdre la pista. La qüestió, però, era que ho havia fet; se'n podia refiar.

Allò d'encobrir-lo, el feia sentir estrany. Se sentia preocupat i alhora li feia gràcia. A ell també li hauria agradat tenir un germà més gran que li tapés les trapelleries. D'altra banda, sabia que en Víctor era incapaç de fer res dolent, però potser no li ho hauria d'haver deixat fer. O l'hauria d'haver acompanyat. Però algú s'havia de quedar a casa per donar explicacions, si feia falta. Tanmateix, si calia, li podia trucar, per això li havia deixat el seu mòbil.

Tenia molta matèria per estudiar, però no es podia concentrar. Es preparà un entrepà i es posà davant la tele mentre accionava el comandament amb l'esperança de mirar alguna cosa que el distragués. El pare arribaria tard i la mare no apareixeria fins al matí.

Passava el temps i en Víctor no trucava a l'hora convinguda. Feia més de tres hores que li havia dit que estava pasturant pel carrer del Veguer, i no n'havia sabut res més. El pitjor era que no podia connectar amb ell. En Víctor era capaç d'haver-lo desconnectat perquè no l'empipés. I ara que ho rumiava... el més segur era que el telèfon s'estigués quedant sense bateria, ja que feia dies que no el carregava i l'andròmina no donava per a més. No li hauria d'haver seguit el joc; la situació no li agradava gens.

L'Oleguer Masip donava voltes pels passadissos de l'escola sense saber on aturar-se. A la tarda, en trobar-se amb l'Albert, aquest li havia dit que en Badia no havia anat a classe. Aquell noi darrerament feia coses molt sospitoses. Ell ja hauria volgut trucar de seguida, però l'Albert el va aturar.

—Hauríem de ser discrets, si truquem el posarem en un compromís i ja té prou problemes amb els estudis.

Eren les deu de la nit, no havia sopat, l'estómac el tenia totalment tancat. No sabia què fer. Alguna cosa li deia que aquell xicot corria perill. Massa obsessionat estava amb tots els esdeveniments, i enamorat com estava de la Marta, no se'n podia desentendre així com així.

L'Oleguer donava voltes i més voltes per trobar alguna excusa per trucar a casa seva. Potser trucaria i depenent de qui s'hi posés penjaria l'auricular o faria veure que era un company d'escola. Sí, això mateix, i si tenia la sort d'ésser contestat per en Víctor, ja es quedaria tranquil.

Passaven de les deu de la nit i en Ramon estava molt nerviós. En sentir el telèfon va pensar que era en Víctor, però no, a l'altra banda de l'auricular hi havia un desconegut.

—En Víctor Badia?

En dècimes de segon en Ramon descartà ningú que pogués comprometre el seu germà.

—Ets en Ramon, oi? Sóc l'Oleguer Masip... Escolta, noi, on és en Víctor? Pot ser molt important.

En Ramon, després d'haver escoltat les breus però precises explicacions del germà Oleguer, li explicà que en Víctor havia decidit «seguir» l'Elvira, una veïna «sospitosa», d'amagat dels seus pares, però que ja trigava massa a trucar-li, que l'estava fent patir i que ell no tenia manera de localitzar-lo, ja que el mòbil que li havia deixat no responia. Poca cosa més li va poder dir, a part que era pel carrer del Veguer i que, per sort, els seus pares no hi eren.

En penjar l'auricular, en Ramon se sentí desconcertat; no sabia encara per què havia explicat sense reserves les activitats secretes del seu germà al professor de matemàtiques, però una força l'havia empès a sincerar-s'hi. De fet, ell també el coneixia; havia estat professor seu i sabia que era una bona persona. Si estava preocupat per en Víctor, devia tenir algun motiu. El problema era que ell, a hores d'ara, també ho estava molt, de preocupat.

A l'altra banda del fil telefònic, l'Oleguer va entendre que s'havia de posar en acció. Ara, almenys, tenia una petita pista. Tot posant-se la gavardina, l'Oleguer va sortir esperitat de l'escola —tot el que li va permetre la seva malmesa cama— a l'encalç d'aquella criatura. Només sabia que podia haver anat al carrer del Veguer. I potser sí, l'Elvira, feia molts anys, li havia parlat d'aquella casa.

Ja havia passat gairebé un mes d'ençà que la Sílvia havia caigut víctima d'una lipotímia, però encara no s'havia refet. Era l'estat de nervis al qual es veia sotmesa des de feia mesos el que no li ho permetia. Aquella situació l'angoixava cada dia més.

Aquell dia, però, es presentava una vetllada sense problemes. Era una nit tranquil·la, els malalts estaven controlats. A dins de la saleta de les infermeres va endollar la cafetera elèctrica i assaborí un cafè ben carregat. Amb aquell i dos més, ja en tindria prou per passar desperta tota la nit.

Parlava amb les companyes i a estones atenia els malalts amb dedicació, però el cap el tenia a una altra banda.

—Au, senyora Mercè, que s'ha de prendre la medicació.

Aquella iaia diabètica la tenia una mica fregida. Cada dos per tres l'havien d'ingressar per culpa de no haver seguit bé la dieta i, és clar, de tant veure-la, gairebé era com de la família.

—Fa mala cara, nena —li va dir l'àvia amb l'experiència que donen els anys.

I la Sílvia agraí que encara li diguessin nena. Evidentment, per a una senyora de més de vuitanta anys, ella ho era.

Llavors, mentre anotava al diari la llista de les medicacions, la Núria, una altra infermera, va anar a buscar-la amb el rostre totalment desencaixat.

—Sílvia, deixa això, acompanya'm.

En uns instants tot tipus de possibilitats van passar pel seu cap.

—És el teu fill, en Víctor. No et preocupis, ara ja està bé; fa una estona que l'han ingressat. Ha tingut una caiguda... —li va dir la Núria mig quequejant i agafant-la per si tornava a patir un altre desmai.

Quan en Miquel va arribar a casa, a les dues de la matinada, trobà en Ramon aixecat i amb aspecte sospitós. La seva cara deia que n'hi havia de dir una de grossa i, com si ho pressentís, en Miquel va pensar tot seguit en en Víctor.

—Què fas encara despert? I en Víctor?

Per uns moments va dubtar i va estar a punt de mentir i dir que ja feia estona que era al llit, ja que el més segur era que el pare no anés a comprovar-ho, però no ho va fer. En Ramon era conscient que s'havia ficat en un bon embolic. Quan el pare sabés que en Víctor se n'havia anat a la caça i captura de pistes darrere l'Elvira... Però li ho havia de dir.

—En Víctor no és a casa, pare...; és una mica llarg d'explicar.

Van asseure's al sofà i en Miquel va escoltar en Ramon, que no sabia com fer-s'ho per guanyar temps. En Miquel no s'ho podia creure. Respirà profundament i va fer repàs de la situació.

Segons semblava, en Víctor no havia anat a l'escola, s'havia saltat olímpicament l'entrenament de futbol i, per si no n'hi havia prou, estava fent de Sherlock Holmes tot perseguint una veïna grillada amb un pilot de cartes «Magic» —segurament— com a escut.

Una mirada d'en Miquel d'aquelles que renyaven de debò va alertar en Ramon que, de moment, mentre no tingués en Víctor a mà, l'esbronc aniria per a ell, per encobridor.

—Jo m'he quedat despert perquè m'anés avisant. De fet ja hauria de ser a casa; no trigarà gens a venir —va dir abans que el seu pare li dirigís la paraula.

El telèfon sonà de sobte i en Ramon el despenjà. Va escoltar el que li deien en silenci. Alhora, va penjar sense haver donat cap resposta i va dir:

—Anem, pare..., en Víctor és a l'Hospital del Mar.

Mentrestant, a l'altra banda del celobert, la Marta, estirada al llit, desvariejava aliena a tot el que estava passant. La mare i l'àvia eren amb ella i l'Ignasi preparava una infusió per a tots plegats.

Molt baixet, la Júlia i l'Angelina parlaven. Es necessitaven més que mai.

—No sé què passa, mare. Tanmateix, a la Marta no ho sé... les altres noies han mort, així més sobtadament. La Marta no sabem què té però...

—Que no poden amb ella, filla meva.

—No diguis això! No hi crec! No hi vull creure!

—No et pensis que a mi m'agrada, però és una realitat. Són les forces del bé i del mal que lluiten. És una batalla tan antiga com la història de la humanitat.

—No hi crec, en tot això!

—Ets com el teu pare, però jo no hi puc fer res.

—Però la Marta... per què? La meva nena, per què?

La Júlia es lliurà a un plor quasi salvatge sense poder contenir-se, sense voler-ho fer.

—Ja no puc més, no puc més...

L'Angelina la deixà fer. Necessitava desfogar-se. Massa temps contenint-se, intentant simular una serenitat inexistent.

La Marta feia dies que passava de petites millores a crisis molt fortes, i s'anava apagant com les espelmes que contínuament encenia l'àvia.

L'Ignasi entrà a l'habitació i s'endugué la Júlia, que no parava de sanglotar. La deixà al menjador i tornà a irrompre d'una revolada. Enfadat, va llençar per terra totes les espelmes.

—Ja n'hi ha prou, d'aquest color! Potser vostè ho fa amb molt bona intenció, però tot això li fa més mal que bé. A la meva filla no li calen espelmes. Encara no és morta, ho sap?

L'Ignasi estava indignat.

Quan el seu gendre es va retirar, l'Angelina les va recollir i les va deixar en un racó. Era evident que no les podia tornar a encendre. L'Angelina i la Marta es van quedar una estona soles. Tenia por que l'Ignasi li digués que marxés, i ella ho hauria fet si no fos perquè sabia que li feia tanta falta, a la Marta. En aquells moments havia de ser molt forta. La fortalesa s'encomana i la noia necessitava tot l'ajut del món.

Si Déu no ho volia, no li prendrien aquella criatura.

La llum de la primavera substituiria la de les espelmes.

XI. El preu d'estimar

A l'HOSPITAL, en Víctor rumiava com explicaria als pares tot el que havia vist. Potser ni el voldrien sentir. El pare estava enfadat de valent i notava que la mare estava massa preocupada per escoltar-lo amb objectivitat.

Es feia l'endormiscat, més del compte. Si es despertava del tot, la família el bombardejaria a preguntes i ell no tindria prou respostes. Però estava content. El seu seguiment havia estat profitós.

Si no hagués tingut la mala sort de caure —o potser no havia estat qüestió de sort—, les coses haurien anat d'una altra manera. Pel que semblava, a ell l'havien trobat allà, al bell mig del carrer del Veguer, estès a terra, tan llarg com era, i estabornit.

En Víctor encara no sabia que havia estat el germà Oleguer qui l'havia trobat i portat a l'hospital.

Estava cansat i li feia un mal terrible el cap d'un cop que s'havia donat. Per sort, només havia estat una caiguda sense cap mena de conseqüències. Remirat, revisat i radiografiat de dalt a baix, cap allà al migdia, el farien anar a casa sense més romanços. I llavors seria quan començarien els problemes de veritat, quan li demanessin explicacions de tot.

D'altra banda, ni l'Elvira ni la gent que l'acompanyava no l'havien vist, no s'havien assabentat de la seva presència.

La nit anterior li va ser fàcil entrar dins l'edifici del carrer del Veguer on havia anat l'Elvira gràcies que la vella porta de la porteria no tancava prou bé. Un cop a dintre, però, ho va tenir més complicat perquè el problema principal era saber a quin pis havia anat la seva veïna. Després, vindria la greu dificultat de com entrar-hi.

Acostumat com estava a fer l'espieta pel celobert de casa, va anar replà per replà acostant l'orella a cada pis per copsar la veu —si la sentia— de l'Elvira. Va haver de pujar fins al quart pis per aconseguir-ho. El va guiar una remor llunyana de veus entre les quals es barrejava la d'ella. Quan la va tenir localitzada, es començà a plantejar l'assalt.

Va respirar fons i estudià totes les possibilitats. La primera, la que seria més fàcil i més lògica, la de la porta d'entrada, quedava descartada per indiscreta. La segona probabilitat el menava al celobert —algun n'hi devia haver—, però se'n va haver de desdir ben aviat, perquè, tal com era aquell edifici, calia fer-ho des de dins del pis. Una tercera, que va refusar per ximple, seria la de córrer l'agosarat risc d'anar disfressat de lampista, de repartidor de pizzes, de cobrador del frac... Així doncs, només li quedava una quarta i última possibilitat: la de pujar al terrat i des d'allà passar al balcó del pis en qüestió, que estava just a sota.

Desconnectà el mòbil, tot i que ja no tenia bateria, però per si de cas se li acudia de piular. Alhora, tornà a baixar al carrer per comprovar que la porta del balcó continués només ajustada tal com li havia semblat en entrar a l'edifici. I un cop ho va haver fet, i amb l'esperança que no se'ls acudís de tancar-la, almenys fins que ell hagués pogut entrar, enfilà escales amunt —aquella casa tampoc no tenia ascensor— i pujà al terrat.

La torre del rei Martí de la plaça del Rei semblava sotjar-lo. Pel carrer gairebé no passava ningú i esperava que cap persona no tingués l'acudit de mirar enlaire. Si hi havia japonesos potser ho farien darrere el seu equip fotogràfic, però, tanmateix, el prendrien com un element més, típic del país.

I va entrar a dins. Llavors li semblava impossible haver-ho fet. Amb poc temps es va fer càrrec de la situació i va poder veure'ls. L'ajudà la penombra a què estava sotmesa la casa, i el munt de cortinatges superflus li va servir de camuflatge.

La dona que era a dins amb l'Elvira li sonava d'alguna cosa. Semblaven discutir-se. Hi havia més gent amb elles, i de sobte es va veure assetjat per una atmosfera enterbolidora.

Un soroll que va sortir des de dins de les entranyes més íntimes d'en Víctor, alertà la concurrència que potser hi havia algú.

Esverat davant la possibilitat d'ésser descobert, en Víctor sortí pel balcó i s'agafà a una de les canonades com ja tenia previst per si passava alguna cosa. Hi va lliscar i, quan ja estava a uns pocs metres de terra, relliscà, i en voler agafar-se més fort, el cos se li girà sobtadament tot donant-se un cop al cap contra la paret i va caure a terra, estabornit.

Es creia posseïdor d'una informació molt valuosa, però a qui la podia explicar?

La tornada a casa no va ser gens fàcil. El silenci d'en Miquel i la nerviositat de la Sílvia es podien traduir com una tempesta embolicada encara dins els núvols, però que tot just en arribar a casa explotaria a bots i barrals. En Ramon també callava; valia més així.

En Víctor estava molt preocupat per la Marta; feia moltes hores que no en sabia res. Els pares tampoc no li havien pogut dir res més de nou.

Quan van arribar a casa, sobtadament, es van trobar amb el germà Oleguer que els esperava al portal.

—Bona tarda, senyors Badia..., hauríem de parlar.

El despatx de l'inspector Torres, petit i poc ventilat, era envaït, en aquells moments, per una densa boira provocada pel fum de les cigarretes que, una darrere l'altra i sense acabar de consumir-se, s'anaven acumulant al cendrer. Amb un ràpid gest, n'esmicolà una altra enmig de les cendres i s'aixecà empipat de la cadira. Fità el pati interior que es veia des de la minúscula finestra intentant entreveure quelcom que li suggerís alguna idea interessant. Se sentia inútil. No havia pogut evitar la mort d'una altra noia, la filla dels pastissers del carrer de la Llibreteria. L'assassí —a aquestes alçades no tenia cap dubte que es tractava d'un assassí— se l'havia tornat a rifar.

Tots els esforços havien estat en va. Tenia la zona vigilada amb l'objectiu de trobar alguna pista que li pogués aportar alguna llum, per petita que fos, sobre el cas que li impedia agafar el son. De moment, cap moviment sospitós. Havia interrogat el barri en ple i... res. Les dades aportades per en Garcia i l'equip mèdic tampoc no l'havien ajudat gaire. Encara li embolicaven més la troca.

I ara, una altra noia, la Marta Palau, amiga de la Marina, estava malalta. En Garcia li ho havia dit i també li havia comentat que l'Andreu Almirall havia anat a la seva consulta i li havia fet una advertència que calia tenir en compte: la Marta estava en perill. Havia recomanat als pares —quin esglai que havien tingut, pobra gent!— que no la deixessin sola ni un moment. L'assassí aprofitaria qualsevol descuit. Tenia clar que havia de ser algú de confiança i que hi tingués accés. Havia intentat convèncer els pares que fins i tot podia ser algú de la família. Els Palau se l'havien mirat i escoltat sense donar-li gaire crèdit. L'havia deixat molt pensarós, però, el que li havia dit la mare de la nena sobre les intuïcions de l'àvia. El pare hi havia tret importància adduint que eren coses de persona gran, manies de gent supersticiosa de poble, i que ell ja n'estava tip, de tantes bestieses.

Un nou dubte, però, havia obert una petita escletxa de llum: L'advertència que havia fet l'Andreu Almirall a en Josep Garcia. Tornaria a interrogar la veïna estrafolària aquella, l'Elvira Almirall, que, casualment, era la vídua de l'Andreu. Tanmateix, era conscient que res palpablement material no havia fet aparició fins aquell moment. El mateix que havia patit a Girona. Potser sí, però, que havia arribat el moment de creure en els contes de bruixes.

A casa de la Marta, el doctor Garcia observava la nena atentament. Desitjava trobar una causa que li digués què li passava. Remirava i repassava totes les proves que li havien fet, a l'hospital i a centres clínics particulars, ja que els pares no havien escatimat cap mena d'esforç.

La Marta estava molt malament, però no li havien trobat res, ell tampoc. Semblava que es tornés a repetir el mateix de les situacions anteriors. Ara, però, ni l'indici de cap dermatitis s'havia detectat, almenys, de moment.

La impotència aclaparava el metge. Allò no era normal. Tants anys d'estudi, de treball, per ara no poder fer res, res de res.

Els pares de la Marta li demanaven allò que no els podia contestar. Parlaria amb ells, és clar, i entre tots intentarien ajudar-la. Estaven, a més, molt trasbalsats; li havien dit que la policia havia parlat amb ells i que els havia recomanat tenir tota mena de precaucions. Fent el cor fort, es dirigí a la sala amb els senyors Palau i deixà la Marta sota la cura de l'àvia. Just en aquell moment, es va sentir un truc. Va ser la Júlia qui va anar a obrir.

—Què t'ha passat, Víctor? He sabut que eres a l'Hospital...

—Com està la Marta? —va preguntar en Víctor interrompent-la.

—Igual..., passa...

La Júlia se'n tornà a la sala i en Víctor entrà com un llamp a l'habitació de la Marta, i en veure-hi l'àvia Angelina li va dir:

—No tinc gaire temps, en aquests moments sóc un presoner. En Ramon està a l'aguait, però no em puc entretenir. Ha vingut el supervisor i tot. Me'n caurà una de grossa; aquesta vegada no me n'escaparé... I la Marta?

—Marededéu senyor! En quin embolic t'has ficat ara, Víctor?

—I la Marta, com està? —insistí sense fer cas de la pregunta que li havia formulat.

—Continua igual, Víctor, potser pitjor.

Els ulls de l'Angelina eren plens de llàgrimes que ja no s'esforçava a amagar. S'aixecà de la petita butaca que estava al costat del llit de la Marta per deixar el lloc a en Víctor. Sabia que la presència del noi revifava la seva néta. Llavors, l'Angelina sortí discretament sense allunyar-se.

En Víctor s'acostà a la noia i li agafà tendrament la mà.

—Marta, no et pot passar res dolent, si tu no vols...

La Marta respirava amb dificultat, feixugament.

—Els metges no em troben res i jo estic molt cansada...; m'estic morint, Víctor.

—No ho diguis, això! Has d'aguantar, Marta! Em sents? Has de fer els setze anys!

I la besà, un bes dolç, càlid.

La Marta sentí la força de l'estimació del seu amic, que de mica en mica deixava de ser-ho per esdevenir alguna cosa més.

Amb les emocions encara a flor de pell, en Víctor va pensar que ja no podia callar més. Així doncs, aparegué a la sala i, en presència de tots, els etzibà:

—Hauríem de parlar. És sobre la Marta; jo sé coses.

El metge mirà astorat aquell xitxarel·lo que adoptava posat de setciències sense fer-ne gaire cas i els Palau van fer uns ulls com unes taronges.

—Tu diràs... —va dir el metge veient la impossibilitat de parla dels pares.

—És que si els meus pares s'assabenten que he dit res sobre això, em caurà el pèl, però és molt important, de debò.

—Bé... tu diràs, tu diràs —va dir el doctor impacientant-se.

—És culpa de la veïna, és una bruixa. Ella i una altra, i potser més gent... elles són les culpables de les morts...

Una suor entre freda i calenta recorregué l'espinada d'en Josep Garcia. Preocupat com estava per la Marta, per la Noemí..., ara només li faltava sentir històries de bruixes.

Una altra trucada a la porta, que va ser oberta aquest cop per l'Ignasi, deixà pas a tota la família Badia i a l'Oleguer Masip.

Oh, no! En Víctor ja no recordava que el germà Oleguer havia anat a parlar amb els pares. Ja es podia preparar! Però, lluny del que es pensava que seria una de les batusses més majúscules de la seva vida, es va convertir —gràcies a la intervenció del professor— en l'heroi d'una pel·lícula.

—Com ja els he dit, tot el que pugui dir el seu fill és cert. Ara, hauríem de trucar a la policia.

A contracor, en Josep Garcia, que acabava de rebre una trucada sol·licitant urgentment la seva presència mèdica, se'n va haver d'anar tot dient que l'avisessin de seguida si es produïa algun canvi i que tornaria tan aviat com pogués.

Mentrestant, en Víctor va explicar amb tota mena de detalls el que havia vist i sentit a la casa del carrer del Veguer.

A dalt, al tercer pis, l'Elvira i la Joana discutien violentament sense aixecar la veu.

—No se'ns pot escapar, Elvira; ha de ser ella, és l'escollida. I un altre dia no et tornis a posar en evidència, que ahir vas fer ben bé el ridícul. De què ens volies convèncer?

—Ja t'ho vaig dir. No vull continuar. Només vaig venir per deixar-ho ben clar. No vull fer més mal i me l'estimo; sí, me l'estimo. No hi comptis més, amb mi! Deixa'm estar!

—Hem arribat fins aquí i no ha estat per casualitat, ja queda molt poc. Aquesta nit fa setze anys, tu mateixa m'ho vas dir, te'n recordes? Doncs... no els pot fer. I no tenim gaire temps. Cabells daurats i arrissats, ulls blaus, bona estudiant, rebel, com la Leonor... igual que ella, però tu m'ho estàs impedint i et necessito.

La cara de l'Elvira empal·lidí.

—Sí, jo t'ho impedeixo encara que per a tu sigui només una fava. I, a més, la policia sospita. Dies enrere, em van citar per fer-me un seguit de preguntes... Ja no et vull seguir més el joc. M'has enredat. Ara, ja ho tinc molt clar, jo sempre havia pensat... em vas fer creure en uns objectius i només perseguies la teva venjança personal. Tot això no és per obtenir el nostre alliberament, ni la nostra immortalitat, tu només vols aconseguir la teva venjança...

—Calla d'una vegada, estúpida! —va cridar la Joana tot interrompent-la mentre la mirava amb un odi intens.

Van passar uns instants que es van fer eterns en què l'Elvira, sense poder evitar-ho, notà com una força superior a ella la dirigia al balcó i la convidava a tirar-s'hi daltabaix. I com xuclada per la força d'un tornado, se sentí absorbida cap al buit.

Si hagués estat d'una altra manera, potser hauria tingut alguna possibilitat, però amb la força amb què va ser empesa, s'esclafà sense remei. De cap.

Ara, la Joana ja no tenia cap impediment. Aquella pobra beneita, en sentir amor per la Marta, signà la sentència de mort.

No podia perdre ni un instant. La Joana va desaparèixer entre la fina boira que cobria l'estret carrer, com una ombra fugissera en una nit de malsons.

En sentir el crit ofegat seguit de l'espetec, mig veïnat va córrer a veure què passava. L'Oleguer, el primer. I allà trobà la seva antiga amant, amb el cap esberlat en un toll de sang. Sense vida.

L'Angelina tenia molt clar que havia d'actuar sense pèrdua de temps. Tot el que havia sentit explicar a en Víctor evidenciava que la clau d'aquell assumpte era al carrer del Veguer. La mort de l'Elvira, a més, deixava palès que qui se n'havia desfet tenia molta pressa. No en tenia la certesa, però estava convençuda que darrere de tot allò només hi podia haver la Joana, la cosina de l'Elvira.

Però, per què ho feia, la Joana? Algun motiu hi havia d'haver. No podia ser només coses de bruixeria. Ai!, les idees se li barrejaven maldestres dins el cap. Es feia vella. I havia de guanyar temps. La policia no trigaria a arribar i aquella no era feina que les autoritats poguessin resoldre.

Per sort, estarien ocupats amb l'Elvira i amb les explicacions que els donarien els veïns, el metge... Era un temps preciós que no podia desaprofitar; ho havia de fer per la Marta, que ja estava ben vigilada pels pares i en Víctor.

Ni trobarien a faltar la seva presència.

De manera que, amb tota la força del seu cor i arrossegant les cames —maleïda artrosi!—, l'Angelina es dirigí al carrer del Veguer.

En Víctor, que la va veure esmunyir-se pel carrer de Sant Honorat, anà al seu darrere.

—Se'n va al carrer del Veguer, oi? —li va preguntar esverat.

—I tant que sí, fill meu!

—Jo vinc! —li demanà.

—Ho sento, no pots; això és cosa meva.

—Semblava molt perillosa, vostè no sap...

—Ho sé millor que tu... El que pots fer per ajudar-me és entretenir-los a tots plegats. No crec que triguin gaire a dirigir-s'hi. Au vés, queda't amb la Marta. El teu amor és el que més necessita en aquests moments. Sense tu no podrà superar-ho.

A contracor, en Víctor s'hi quedà. Patia per l'Angelina. Era conscient que corria un greu perill, però li faria cas.

L'Angelina acuità les cames més del que li ho permetien les forces, fins que aconseguí arribar a la vella casa del carrer del Veguer.

Pujà les escales a peu, amb el cor bategant per l'esforç. Inspirà profundament en un replà i continuà la seva pujada fins a dalt, al quart pis.

Un soroll la va avisar que una porta s'obria oferint-li l'entrada.

—Hola, tu deus ser la Joana...

—Sí..., i tu l'Angelina. Passa... t'estava esperant.

XII. Espais emmetzinats

En Víctor sabia que la Marta havia d'aguantar fins a les nou de la nit. La Júlia li havia dit que havia nascut a aquella hora. Com en un conte de fades, a les nou del vespre es trencaria el malefici. La Marta ja no tindria quinze anys i, almenys, l'Elvira ja no hi era per fer més mal. La reunió que havia presenciat el dia anterior li deia, però, que els problemes no s'havien acabat encara.

Passats els primers minuts de rebombori i convidats per la policia, els veïns van anar deixant desert el carrer que feia tan sols una estona s'havia convertit en l'escenari —aquest cop no n'hi havia dubte— d'un crim. Els Badia i l'inspector es van acuitar a pujar a dalt per aclarir els fets, seguits a contracor per l'Oleguer Masip, que encara no s'havia recuperat de la impressió. Dos agents es van quedar al costat de l'Elvira mentre esperaven que arribés el jutge. L'Oleguer pensà que li hauria agradat quedar-se amb ella fins a l'últim moment, però tenia pressa per anar al carrer del Veguer, on li quedava un assumpte pendent, ja que l'altre dia, quan hi va anar, va haver d'atendre en Víctor. D'altra banda, havia de respondre les preguntes de l'inspector.

En Daniel Torres escoltava les informacions que entre els uns i els altres li anaven proporcionant. Abans, era un home acostumat a basar-se en els fets, en la raó, però el que havia passat a Girona li havia ensenyat a fer cas de tot, de tothom, per ximple que fos la idea. De moment, havia tornat a fer tard una altra vegada. El principal testimoni que podia explicar-li els fets jeia sense vida damunt l'empedrat del carrer.

A casa dels Badia, l'inspector Torres intentava esbrinar què havia passat; mentrestant a casa dels Palau, la Marta es debatia entre la vida i la mort. Tanmateix, va requerir la presència d'en Víctor, que, no sense recança, se separà de la Marta disposat una altra vegada a explicar la seva història.

—A veure, noi..., m'hauries d'explicar amb la major exactitud possible què vas veure al carrer del Veguer —va preguntar-li en Torres.

En Víctor va pensar que potser hauria d'alertar l'inspector que, en aquells moments, alguna cosa terrible podia passar a la casa del carrer del Veguer, però tenia una confiança cega en l'àvia Angelina, i aquesta li havia demanat que els entretingués el màxim possible. Així doncs, oblidant la raó, va decidir callar i explicar només el que li demanava la policia.

—Quan vaig aconseguir entrar a la casa (per fortuna la balconada era oberta), una olor estranya em va guiar a una sala. Anava molt a poc a poc i descalç. Havia deixat les vambes al balcó.

Caminava lentament i silenciosa, com un gat, mentre m'anava acostant a unes veus que semblaven resar. La veritat era que no les tenia totes i les cames no m'acompanyaven gaire, però una força m'hi portava, com allò que expliquen del cant de les sirenes.

De mica en mica, les veus es tornaven més sonores i l'olor més irrespirable. Era conscient que estava al seu costat mateix, però no sabia com fer-m'ho per poder espiar sense ser vist. La foscor m'ajudava i de mica en mica em vaig acostumar a la poca llum. Unes cortines que separaven el passadís on jo era de la sala em van servir d'amagatall i... no em va agradar gens el que vaig veure...

—Au, va... Què vas veure? —va preguntar en Miquel, intrigat.

—Deixi'l dir, senyor Badia —intervingué en Daniel Torres, àvid de no perdre's cap detall.

—... Hi havia sis persones, crec que eren dones...

—Vas poder identificar-les? —preguntà en Torres interrompent-lo.

—Algunes sí... L'Elvira, naturalment, i una altra que a vegades ve per l'escala. Aquesta semblava la cap de totes. N'hi havia també una de jove que plorava, com si s'estigués allà per força, i tenia un aspecte estrany, com si anés drogada. Més d'un cop, la que tenia els aires de mestressa la va amenaçar. Les altres tres, no les havia vist mai...

—Què feien? —demanà en Torres.

—No ho sé ben bé... Estaven assegudes a terra, en un cercle voltat d'espelmes, i s'agafaven les mans... i anaven mormolant alguna cosa...

—Vas poder sentir què deien? —demanà l'inspector.

—Semblava que deien conjurs. De tota manera, jo només podia sentir paraules aïllades, no frases senceres.

—I què deien aquests conjurs? —preguntà inquiet en Torres.

—Coses semblants a les que diuen les cartes de «Magic», les de màgia negra, és clar...

—A tu et sembla que l'inspector fa cara de jugar a «Magic»? —va renyar-lo en Miquel.

—Continuem, continuem —va intervenir l'Oleguer Masip, que tenia tota la pressa del món.

—Jo només sé el que he dit... —va assegurar en Víctor una mica ofès—. Deien coses com ara: «invoquem les tenebres», «oferim aquesta criatura», «la mort serà la vida»... Aquesta última frase sí que la vaig poder sentir bé perquè la repetien de tant en tant. També deien que necessitaven més força, i sé que volen fer mal a la Marta. Tot i que (això potser va ser el que em va cridar més l'atenció) l'Elvira, de cop i volta, va dir que no volia continuar, que s'havia d'acabar amb aquella història. Llavors va ser quan un soroll dels meus budells alertà tota la colla que hi havia algú per allà i vaig haver de fugir a corre-cuita. Ni temps vaig tenir de posar-me les vambes...

A casa seva, en Josep Garcia s'estirà al llit sense treure's la roba. Un rodament de cap, producte dels nervis, l'obligà a fer-ho. Després d'haver atès el pacient del qual havia rebut la trucada urgent, hauria volgut tornar a casa la Marta, però se sentia brut i marejat, i com que era tan a prop de casa seva, va pensar que es trobaria millor si es dutxava i es canviava de roba.

El truc del telèfon el deixondí del descans tot pensant en la Marta. No havia passat gaire estona, però potser era la suficient perquè la noia experimentés algun canvi.

Inesperadament, però, una veu enyorada es va sentir a l'altra banda del telèfon.

—On ets, Noemí? Es pot saber per què m'ho fas, això?

—Josep, escolta'm. Ara no t'ho puc explicar. Només vull que sàpigues que t'estimo, que tu ets l'única cosa bona que m'ha passat a la vida...

—Ens hem de veure, digues on et puc trobar... —va demanar en Josep expressant una ànsia infinita.

—No pot ser, no pot ser. Jo trucava també per avisarte. Deixa estar tot això de les noies, pots córrer perill...

—Noemí, què passa? En saps alguna cosa? Di...

El tut-tut telefònic deixava palès que la Noemí havia penjat.

Una altra vegada el rodament de cap l'obligava a seure en una cadira que tenia al costat. Sense perdre ni un moment, però, marcà el número del telèfon mòbil d'en Torres. Li ho havia de dir.

En Daniel Torres començava a lligar caps, tot i que les coses s'havien complicat. Ara, una altra persona havia entrat en escena: la Noemí Carrasco. Acabava de rebre la trucada d'en Garcia explicant-li-ho. El metge temia que la noia pogués estar complicada en l'assumpte i que estigués en perill. Segons li havia dit en Garcia, la veu de la noia, per telèfon, havia expressat un terror infinit, i segons ell, que la coneixia, no era una persona que s'espantés fàcilment.

Després d'haver donat les ordres pertinents a d'altres policies perquè anessin a la recerca de la noia, a ell només li restava anar al carrer del Veguer, acompanyat de dos dels seus homes més eficaços.

En Víctor, preocupat, no parava de mirar el seu rellotge, que semblava haver-se aturat en el temps.

Entretant, havia arribat una ambulància per emportar-se el cos de l'Elvira. El seu pare, que hi havia acudit de seguida, presenciava l'escena amb el rostre desencaixat. No s'hauria imaginat mai aquell desenllaç, i molt menys que ell, ja tan vell, l'hagués de viure.

Els policies estaven acabant la seva feina i l'inspector ja havia fet totes les preguntes que li interessaven. Li calia aturar-los; l'Angelina li havia dit que els entretingués tot el que pogués.

—Mama, l'inspector... potser voldria un cafè.

Tothom mirà estranyat el xicot, que s'havia convertit de cop i volta en amfitrió d'una reunió no desitjada.

—No, gràcies, maco, no tenim temps per perdre i a més jo ja estic acostumat al meu beuratge del despatx.

Malament, encara era massa aviat, pensà en Víctor.

Mentrestant, al quart pis del carrer del Veguer, just davant el Museu de la Ciutat, una fortor que semblava venir de les tombes es filtrava per les parets. Anys i anys de maleficis concentraven la mala voluntat d'unes ments malaltisses i perverses.

L'antic món no havia desaparegut completament. La pitonissa grega no havia caigut del trípode des d'on pronunciava els seus oracles tirant fulles de llorer al foc. Les sibil·les romanes havien ressorgit de les coves tenebroses on habitaven. La druïdessa de mantell blanc endevinava i feia prodigis des dels seus boscos feréstecs, a l'ombra de les alzines. Les poètiques metamorfosis de les antigues mitologies feien notar la seva presència. Les nàiades, les nimfes, els faunes, els tritons, les sirenes i... Hècate, la vella bruixa que presidia els encanteris.

Aquella casa semblava que estava maleïda. Cap veí ja no s'hi estava. Només de manera ocasional algun sicari de la Joana. La casa havia estat dels pares de l'Elvira. Sempre li havia agradat i per això mateix es va espavilar per quedar-se-la. No li va costar pas gaire; els tenia de la seva banda, els oncles, especialment la tieta. Com l'enyorava la Joana! Aquella dona tan admirada per ella li havia ensenyat tot el que sabia de bruixeria. L'Elvira no havia estat mai a l'alçada. Ara, a més, sense la «Nani», l'herbolari i la casa on vivia el tiet, quan aquest no hi fos —no trigaria gaire a anar-se'n a l'altre barri—, també serien d'ella.

Li quedava encara entaular una última batalla amb l'única persona que —pel que havia sentit explicar a la tieta— li podia fer ombra: l'Angelina.

—Passa, dona, no et quedis al replà... Tens por, potser? —va dir-li irònicament la Joana.

—Sento contrariar-te; sóc massa vella per tenir aquest sentiment.

L'Angelina, un cop va haver entrat per la porta, lluny de témer res, es va sentir més forta, més encoratjada. Hi havia anat amb la intenció de jugar-s'ho tot, encara que fos la vida, ja que l'espai no era prou gran per acollir la metzina que es desprenia del cor d'aquella dona sense escrúpols.

El rellotge de la catedral marcava dos quarts de nou. L'Angelina l'havia d'entretenir a tot preu i desitjava que la policia trigués una mica més a arribar. La Marta no es podia quedar sola...

—A la nena no li podràs fer res de res —va dir sornegüera l'Angelina—. I a mi, ja no m'importa el que em pugui passar.

—Pobra beneita, la teva força és insuficient... —va contestar la Joana tot encenent una cigarreta.

—Potser sí, però no comptes amb el fet que la Marta té força suficient per ella mateixa, i aquí sí que no hi pots fer res. No és com les altres nenes.

—La necessito!

La ràbia marcava els trets del rostre de la Joana, però alhora s'hi dibuixava quelcom que ella no coneixia: la impotència.

—No veus que la força d'estimar és la més forta de totes? La Marta estima i l'estimem, els pares, els amics, jo... i en Víctor. Quina pena que no comprenguis la força que té el primer amor.

—Bajanades!

—Sí, amor... I tu has destruït tot l'amor que tenies vers la teva filla...

—Com ho saps, que tenia una filla?

—M'ho va dir el teu oncle, ara fa uns dies, quan vaig tornar a la seva botiga. Va estar molt content de veure'm, després de tants anys.

—L'oncle l'havia vist molt poques vegades, la Leonor; ben poca cosa te'n deu haver pogut dir...

—El suficient per comprendre que vas canviar l'amor que senties per la teva filla per aquest odi profund cap als altres. Has enrunat el teu cor, l'has emmetzinat... Què t'havien fet totes aquelles nenes?

—Havien de morir. Eren maques, intel·ligents, filles úniques... com la meva Leonor... No tenien dret a viure més que la meva! Ho entens? No hi tenien cap dret!

La Joana es deixà anar al sofà mentre acaronava un marc amb una fotografia que hi havia al damunt d'una tauleta.

—La Leonor va morir quan vivíem a Girona... i vaig decidir venjar-la...

La Joana Sala es va quedar uns moments en silenci com transportada a una altra època que tot seguit va referir a l'Angelina:

—Ja de ben petita, a la Leonor, li agradava remenar les meves herbes i saber-ne coses. Això em satisfeia. Vaig pensar que, amb el temps, podria ser una bona hereva dels meus coneixements. Evidentment, només deixava al seu abast les remeieres. Quan va fer catorze anys, vaig iniciar el seu aprenentatge. Ella s'ho prenia com un joc i a mi, de moment, ja m'anava bé. La seva curiositat, però, va anar més enllà del que jo li havia permès i, un dia atziac, la Leonor va estar en contacte —això és el que vaig imaginar i el que després el metge em va confirmar— amb una espècie letal d'acònit que jo estava estudiant... No et pots imaginar com em vaig sentir...

L'Angelina l'escoltava atentament, en silenci. Fins i tot, com a mare, sentia pena per aquella dona que tenia al davant, però al cap d'un moment va reaccionar dient-li:

—Com és que els metges no se'n van adonar?

—Oh... això va ser molt simple... el metge de capçalera que tenia llavors em devia un favor important; només va haver de signar una acta de defunció...

—Però la mort de la teva filla no justifica la de totes aquestes noies... Quina culpa en tenien les altres?

—Tota! Et sembla poc que visquin?

Amb els ulls enrogits de ràbia i els llavis morats de prémer-los amb força, la Joana abraçava damunt el seu pit el retrat de la Leonor.

—No et pensis, no seran unes morts inútils, perquè la meva Leonor tornarà, ho sé; no puc dir quan, ni com encara, però tornarà... tinc amics que m'ajuden a aconseguir-ho...

—La maleïda secta... Ets boja! —va interrompre esglaiada l'Angelina.

—Tant és si ho sóc o no... la teva néta ha de morir, el seu flux vital servirà perquè pugui tornar la meva Leonor... La Marta és especial, com la meva filla...

—No podràs!

Llavors la Joana s'aixecà del seu seient i s'acostà cap a l'Angelina, que havia retrocedit unes passes. De cop se sentia més feble. No sabia què tenia aquella dona que semblava xuclar-li tota la voluntat.

—M'hauràs de matar a mi primer! —exclamà agosarada.

—Això serà molt fàcil...

I l'Angelina pressentí que sí, que se l'emportaria sense remei, com el vent s'endú una fulla de tardor.

El timbre eixordador i repetitiu les distragué de la seva lluita. La Joana s'acostà a la porta mentre l'Angelina mirava el rellotge pregant-li que anés més de pressa.

Abans d'obrir, la Joana li digué:

—No em faran res, no res. No podeu res contra mi.

La Marta fluctuava entre la vida i la mort d'una manera tan simple com girar les pàgines d'un llibre. A estones, millorava ostensiblement, mentre d'altres queia en un somni mortal que semblava beure-se-la.

En Víctor, així que l'inspector va marxar cap al carrer del Veguer, tornà a casa dels Palau a fer companyia a la Marta.

L'Oleguer, sense fer cas de les instruccions que li havia donat l'inspector, se'n va anar també cap a la casa del carrer del Veguer. Pujà panteixant les escales i quan va arribar a dalt, sense pensar-s'ho, entrà per la porta, que era oberta. Allà trobà en Torres —que se'l va mirar molt malament— fent preguntes a una dona que no semblava real.

En un racó, l'Angelina escoltava el que deien i tremolava. Alguna cosa no anava bé. La Joana semblava massa tranquil·la, com si tot allò s'ho estigués esperant.

—No sé de què m'acusa, senyor inspector —va dir la Joana entre freda i contundent.

Realment, en Torres no tenia proves, proves reals, de les que permeten tancar algú a la garjola. En Víctor li havia dit unes coses que de moment no li servien. Fins i tot el noi podia ser acusat d'haver entrat en una casa que no era la seva. Tot allò no es podia agafar ni amb pinces. Però decidí tirar pel dret i detenir aquella dona. Ja tindria temps de fer les preguntes després.

—Se l'acusa d'assassinat, senyora... Faci el favor d'acompanyar-me...

L'Angelina, però, per més que el policia detingués la Joana, no es quedava gens tranquil·la. Pressentia que havien caigut en un parany i el cor li deia que ara sí, que la Marta corria més perill que mai.

Havien tocat tres quarts de nou i la Noemí es va presentar a casa de la Marta després d'assegurar-se que en Josep no hi era. Tenia molt poc temps. No ho volia fer, però una força superior l'empenyia. La Joana podia amb ella. Sort encara que havia pogut trucar a en Josep i dir-li que l'estimava. Però no volia fer mal a aquella nena; no ho volia, no ho volia...

—Bona nit... sóc la xicota d'en Josep Garcia. He vingut... he vingut a buscar el seu maletí... Es veu que se l'ha deixat, i com que a ell ara no li anava bé de venir...

—Ah... endavant...

La Júlia la va fer entrar i es quedà estranyada, més que res, pel rar comportament de la noia, que es movia nerviosament. Més sorpresa es va quedar encara quan va veure que la noia la seguia fins a l'habitació de la Marta. La Júlia va pensar que era una impertinència que una desconeguda entrés tan lliurement per la casa. És clar que ella li havia dit que... endavant.

D'altra banda, la Noemí es va quedar d'una peça en veure que a l'habitació de la Marta hi havia en Víctor. Què hi feia aquell xicot, allà? Amb això no hi havia comptat.

—Doncs ho sento, però aquí no hi és el maletí —va assegurar la Júlia en comprovar-ho. Alhora es va dirigir al noi—: Víctor, voldries anar a la sala i mirar si és allà, el maletí del doctor?

Ara, a la Noemí li calia que sortís també de l'habitació, la mare. Pel que semblava, ningú més, de moment, no podia fer-li nosa.

En passar pel passadís havia vist un home parlant per telèfon. Devia ser el pare de la Marta.

Així que el noi va haver sortit, la Noemí es va fer un tall a la mà amb l'aresta d'un anell que portava.

—Ai, ai! —va exclamar tot agafant-se la mà.

—Que s'ha fet mal? —va preguntar la Júlia una mica tipa d'aquella noia tan estrafolària.

—No és res, no és res... però si em dóna una tireta em farà un favor —va demanar la Noemí tot confiant que la Júlia l'hauria d'anar a buscar a la farmaciola.

Aquell xicot no trigaria gens a tornar a fer acte de presència sense el maletí. Només necessitava uns instants...

—Ja hi vaig jo! —va sentir com cridava aquell noi en sentir que algú trucava a la porta.

Ara o mai! Ara tenia l'oportunitat, uns breus moments de solitud que la Noemí aprofità per agafar de la seva bossa unes flors molt belles, d'un color blau lilós. Es quedà mirant fixament la Marta i les hi acostà tremolosa. La Noemí lluitava contra ella mateixa. Dubtà. Una força l'empenyia a deixar-les-hi —tal com ho tenia manat de fer— i una altra li ho impedia.

Per fi, les tornà a guardar tot seguit i, gairebé sense dir adéu, passà pel costat d'en Víctor i la Sílvia, que eren a la porta. Amb perplexitat, tots dos van veure com la noia s'esmunyia —tot i ensopegant— escales avall.

La Júlia es va acostar a ells dos amb un flascó d'aigua oxigenada, un bocí de cotó i un paquet de tiretes.

—Júlia, jo només venia per si us feia falta alguna cosa —va dir la Sílvia sense entendre què passava.

—Aquesta noia és molt rara, oi? —va preguntar la Júlia una mica trasbalsada.

De sobte, en Víctor reaccionà. Ell coneixia aquella noia...

És clar! Era una de les que eren a la vella casa del carrer del Veguer!

—Què et passa, Víctor? —preguntà la Júlia en veure la cara del noi. Aquest, sense contestar-li, es va dirigir apressadament a l'habitació de la Marta i respirà alleujat en comprovar que, almenys, no havia empitjorat. No semblava que la visita que se n'acabava d'anar l'hagués afectada.

—Ara vinc! —va cridar en Víctor mentre sortia com un llamp cap al carrer.

La Noemí caminava esmaperduda, tot dirigint-se a la casa de la Joana, portada per una força invisible de la qual no podia fugir. I es trobava molt malament. Les flors, devien ser les flors. Tenia por de caure i es recolzà a la paret. Només havia pogut arribat fins al carrer de la Llibreteria. Ja no podia més, però ara ja no tenia por.

La Joana li havia fet portar flors d'acònit, a la Marta. Li va dir que en aquells moments només tocant-les ja en tindria prou, però no les hi va acostar. Va poder vèncer l'impuls. La Joana la hipnotitzava, però, a força de fer-ho, ella s'hi havia acostumat i ja no li feia tant efecte... Potser havia pogut salvat aquella noia.

Ara se sentia millor. I en Josep sabia que l'estimava.

A poc a poc, la Noemí va anar perdent el món de vista mentre relliscava suaument per la paret, fins que caigué asseguda a terra, com un putxinel·li.

Ben aviat, un cercle de gent, amb en Víctor inclòs, va voltar la desconeguda que jeia a terra i això en va facilitar la trobada per part de la policia.

En Daniel Torres va rebre l'avís pel telèfon mòbil i tot seguit hi envià un dels policies que l'havien acompanyat perquè se'n fes càrrec. Ell, ara, s'havia d'ocupar de la Joana Sala.

Va fer localitzar en Josep Garcia i aquest se n'hi va anar sense perdre ni un instant.

Mentrestant, la noia, de mica en mica, havia anat reaccionant. En arribar en Josep, es van fondre en una tendra abraçada.

—Les flors, la noia no ha tocat les flors —mussitava insistentment.

Quan van haver dispersat la gent, la Noemí i en Josep van ser conduïts cap a un cotxe de policia que els acompanyà a la comissaria perquè poguessin declarar.

En Víctor, angoixat com estava, ja feia estona que havia tornat a casa de la Marta.

Unes gotes de pluja, que cada vegada queien amb més força, van contribuir a deixar el carrer ben desert de gent.

A casa de la Joana, en Daniel Torres atenia una altra trucada telefònica que li notificava que la Noemí Carrasco, ja més recuperada, es dirigia cap a la comissaria acompanyada d'en Josep Garcia.

—Així doncs, vostè no coneixia de res una certa Noemí Carrasco —va dir l'inspector quan va haver acabat de parlar per telèfon.

—De res, ja li ho he dit —contestà divertida la Joana en sentir que tocaven les nou de la nit.

—D'acord, d'acord, si vostè ho diu... Però potser li interessarà saber que la Noemí en qüestió no li ha deixat les flors, a la Marta.

En sentir això, la Joana mudà el rostre, que enrogí com el foc més viu. Acabava de perdre l'última carta que havia jugat.

L'Oleguer, des d'un racó i com un estaquirot —ningú no feia cas d'ell—, ho observava i escoltava tot atentament.

La pluja havia esdevingut intensa i copejava els vidres de les finestres mentre la llum d'un llampec inundava de cop aquells murs emmetzinats.

—Has fet tard, Joana; la Marta ja té setze anys —va dir l'Angelina reanimada.

La Joana deixà que la impotència donés pas a la ràbia. Aquesta es transformà en la més violenta de les ires i, lluny d'apaivagar-se, creixia amb supèrbia. Un udol agut de dolor que sorgí del fons del seu cor desencadenà un tremolor intens, semblant a la força d'un terratrèmol fent trontollar les parets i els objectes que hi eren penjats. Els vidres de la balconada esclataren en mil bocins i els presents es van haver de protegir la cara amb els braços i les mans per tal de no ser ferits. L'Angelina, però, no va poder evitar que un dels vidres li fes un lleu tall en una cama, protegida només per una fina mitja.

—Anem-nos-en, inspector. Aquí ja no podem fer res més —demanà l'Angelina mentre s'eixugava amb un mocador la ferida.

—No sense la Joana Sala —va contestar en Daniel Torres, que, tot i que intentava conservar la calma, no sortia del seu astorament.

—No hi ha detencions que valguin, cregui'm —insistí l'Angelina tot contemplant com la Joana es tapava les orelles amb les mans com si no volgués sentir els crits que proferia, víctima, ara, d'un atac d'histèria.

—Vagi-se'n! Acompanyi-la, Oleguer! —va ordenar l'inspector.

En Daniel Torres, malgrat que feia esforços per aparentar serenitat, s'adonava que havia perdut el control de la situació. Ell i el seu company necessitaven ajut. A més, se sentia despullat: no trobava la pistola i havia perdut el telèfon mòbil... Es quedà una mica més alleujat, però, en veure que l'Angelina i l'Oleguer es dirigien cap a les escales. Hauria d'esperar que aquella dona es calmés per emportar-se-la.

Els instants es feien eterns i l'estança, cada vegada més, semblava engolida cap a uns abismes devoradors. Inesperadament, una força invisible, una mena d'aire dens, gèlid, embolcallà i arrossegà en Daniel Torres i l'altre policia a fora de la casa. Per més que ho intentaven, no hi podien oposar resistència. La força els xuclava, inevitablement, cap a l'ull de l'escala.

L'espetec d'un tro semblà aturar la força que empenyia els dos homes cap al buit. En Daniel i el seu ajudant van caure rodolant escales avall copejant-se violentament contra els esglaons.

El llamp que precedí un altre tro va encendre en flames l'antiga casa del carrer del Veguer. La pluja, que havia minvat considerablement, no podia fer res per apagar-les.

Desconcertats, plens de cops i macadures, els policies van aconseguir arribar a la porteria, on s'esperaven l'àvia Angelina i l'Oleguer Masip.

Ja a fora, a través del foc i de la fina cortina d'aigua, van poder distingir encara una figura espectral que lluny de retorçar-se entre les flamarades semblava engrandir-se, omplir-se de brillantor.

Algunes persones, la majoria veïns del carrer, contemplaven l'incendi sense saber quina n'era la causa.

Ni la remor de les sirenes dels cotxes de bombers que s'acostaven va servir per ofegar el cruiximent d'aquelles pedres mil·lenàries. Les parets que aguantaven la roentor del foc reflectien una resplendor fantasmagòrica i il·luminaven la nit.

Calia que el foc ho devorés tot abans no anessin a apagar-lo, que no quedés cap rastre de maldat. Per sempre.

Una columna de fum serví de comiat a l'espectacle, que deixà només unes cendres que, més tard, el vent escamparia.

Epíleg:

Abril

«Assaborir el silenci és una molt discreta forma d'estimar.»

Miquel Martí i Pol,
Vint-i-set poemes en tres temps

XIII. Nits de celobert

UN PLUGIM molt fi es filtrava pels celoberts del carrer de la Fruita i entelava d'humitat els vidres de les finestres. El toc de les campanes ressonava per les parets anunciant les deu de la nit d'un dissabte de primavera.

En Víctor s'acostà al celobert per veure si veia la Marta, com cada nit. Apartà la cortina de la finestra i s'amorrà al vidre per copsar millor l'exterior. La Marta encara no hi era; devia estar acabant de sopar.

Va escriure al vidre: «omitse't», perquè ella ho llegís, i se'n va anar cap a la seva habitació mentre esperava que la Marta s'aboqués al celobert.

La mare li havia recordat que calia endreçar la «muntanya» que hi havia damunt la taula del seu escriptori. Feia dies que li ho deia i ja no en volia sentir més els retrets. Entre la pila de llibres, papers, bolígrafs i un munt de coses més, va aparèixer la llibreta d'apunts on dia rere dia havia anotat les seves impressions. La conservaria sempre.

Havien passat unes quantes setmanes, però el record encara era molt fresc. Podia copsar amb tota intensitat cada un d'aquells moments terribles als quals s'havien vist sotmesos.

Ara, se sentia tranquil i assaboria el silenci de la seva habitació. De mica en mica, les coses s'estaven arranjant.

No sabia encara com li quedaria el curs. La veritat era que no l'havia aprofitat gaire. La resta que en quedava, però, intentaria esforçar-se.

A l'escola havia costat molt reprendre el ritme normal i cap d'ells no podria oblidar les vides que s'havien perdut. En Víctor i els seus companys havien après massa aviat que la mort és simplement l'altra cara de la vida. Durant aquells mesos, el son etern s'havia fet tan present i quotidià en un temps, l'adolescència, en què sembla que sigui molt llunyà. Però havien entès també que la Parca, des que el món era món, continuava presidint el destí dels homes, i, com sempre, aquests no havien pogut triar.

L'Oleguer Masip havia envellit. Uns cabells platejats coronaven un cap turmentat per dolorosos records. Ara, però, semblava que ja havia agafat el camí definitiu, sense dreceres impossibles.

Sentia els pares i en Ramon parlar de les vacances. El pare, com sempre, proposava indrets idíl·lics per anar a pescar i la mare ensenyava propaganda d'uns meravellosos hotels de les Balears on per uns dies s'oblidaria de l'hospital.

En Ramon estava millor. Les ferides trigarien encara a cicatritzar, si és que ho arribaven a fer mai del tot. Però feia esforços notables per tirar anímicament endavant, i, almenys, tornava a ser el setciències de sempre.

Quan va acabar de sopar, la Marta va anar tot seguit al celobert. En Víctor no hi era, però el reflex de la llum del passadís li va permetre llegir el que hi havia escrit al vidre: «T'estimo.»

La mare la cridava tot entorpint-li aquells moments de plàcid benestar.

—Ja vinc! —va respondre.

La Júlia li volia ensenyar una camisa que li havia comprat. La Marta l'havia vist en un aparador el dia que havien anat les dues juntes a comprar. Li havia agradat molt i la Júlia va decidir que la hi regalaria. Mentre s'emprovava la roba, la Marta pensava en en Víctor. Encara no sabia quins eren els veritables sentiments vers ell. Sabia que quan hi estava a prop, estava a gust, però d'aquí a sortir junts... Feia dies li ho havia dit ben clar: «Ets el meu millor amic.» I en Víctor li havia contestat, enriolat, que no trigaria gaire a considerar-lo l'home de la seva vida. «Home»! Quins fums, en Víctor!

—Et queda molt bé, nena —va afirmar la Júlia satisfeta en contemplar la seva filla—. Saps? Ahir em vaig trobar amb en Josep; em va dir que va de bòlit amb els preparatius, però se'l veia molt feliç.

Veien sovint el doctor Garcia. Els havia dit que es casaria aviat amb la Noemí. Ella ara treballava de cangur i tenia intencions d'estudiar infermeria. Amb el temps, volien fer un bon equip.

Dies enrere havien anat —amb els Badia també— a casa de l'inspector de policia. En Daniel Torres tenia ganes d'intercanviar impressions fora de l'oficialitat. La Marta pensava que l'inspector tenia uns fills terribles i que no havia vist mai un gos que es delís tant per les crispetes. La seva àvia també hi va ser present i en Daniel va quedar admirat de la callada saviesa de l'Angelina Oliver.

Ara, l'àvia Angelina ja no anava tant a casa de la Marta; deia que volia donar «vacances» al gendre. Aquest, però, tot just la setmana passada, li havia regalat unes espelmes precioses que va comprar a l'antiga cereria del carrer del Bisbe.

La Marta, enfundada en la seva camisa nova, va fer un petó a la Júlia i se'n va anar corrents cap al celobert en sentir tres trucs llargs i dos de curts, la contrasenya. De segur que en Víctor hi seria.

Trobà el seu xicot fent-li senyals amb la mà perquè s'hi acostés, mentre anava escrivint «omitse't» per tot el vidre fins que no va quedar cap racó on es pogués escriure res més. Aleshores, va obrir la finestra i una olor de pedra antiga, mullada, barrejada amb d'altres de molt més quotidianes, s'interposà entre ells dos.

—Camisa nova, eh? —li va preguntar en Víctor.

—Sí... i a veure si ets més discret. A aquest pas ho sabrà tot Barcelona, que...

—... Estic penjat de tu... I què, que ho sàpiga tothom?

—Víctor! Sisplau! Ja et vaig dir...

—Sí, ja ho sé, que sóc el teu millor amic... De moment!

—Ets un ximplet!

Alhora tots dos van esclatar amb unes rialles que van ressonar per les parets. En Víctor ja ho sabia, que la Marta no n'estava, d'ell, almenys com voldria. Potser mai no aconseguiria que el correspongués com desitjava. Mentrestant, però, gaudiria d'haver retrobat la calma. Cada dia esperaria amb impaciència que caigués la tarda i es deixaria amoixar per les nits de celobert.

Índex

Títols publicats

1. *Els miralls venecians.*
Joan Manuel Gisbert

2. *Qui ets, Marina?*
Estrella Ramon

3. *Punt negre.*
Josep Gòrriz

4. *Dies secrets.*
Maria Montserrat Oller

5. *El meu germà.*
Daniel Palomeras

6. *Coca i cava.*
Jep Ignasi-Simó

7. *Estiu roig.*
Miquel Vilardell

8. *Paolo Tempi.*
Roser Barrufet i Soldevila

9. *La llarga nit d'Ankara.*
Montserrat Beltran

10. *Parella de dames.*
Núria Pradas

11. *El noi espavilat.*
Xavier Bertran

12. *El secret de la persiana.*
Hermínia Mas

13. *Massa tímid per lligar.*
Antònia Vicens

14. *No et passis, Marc Antoni!*
Montserrat Beltran

15. *Anaïrda.*
Guillem Rosselló

16. *Carnaval al·lucinant.*
Miquel Vilardell

17. *L'Emacé.*
Sergi Santjoan

18. *L'exploració de Denali.*
Anna Muntaner

19. *El refugi dels ratpenats.*
Joan Manuel Gisbert

20. *El nàufrag impossible.*
Josep Fontdecaba

21. *Mons diferents.*
Josep Gòrriz

22. *Amb un cavall al pit.*
Sergi Santjoan

23. *A l'altra banda de l'Estret.*
Nicole Boumaâza

24. *L'Estranya Presència.*
Guillem Rosselló

25. *H. Bass. Un passat ocult.*
Jaume Copons

26. *Bots i barrals.*
David Yeste

27. *Nits de celobert.*
M. Carme Roca